古書堂事件手帖外傳

小口同學與我的文現對戰社活動日誌

峰守ひろかず

插畫◉おかだアンミツ

原作・監修◉三上 延

原作角色設定◉越島はぐ

Kadokawa Fantastic Novels

第一話

柯南・道爾《名偵探福爾摩斯（1）血字的研究》（POPLAR社）

「這種名為『文現對戰』的競賽，是以事前決定好的主題選出書籍，依先攻後攻的順序介紹書籍內容，並以其簡報內容一較高下，由能夠讓較多聽眾覺得『原來如此！』、『我想看！』的一方獲勝！是不是很簡單易懂？雙方各有五分鐘的發表時間——」

在秋高氣爽的星期一，放學後的學生會會議室裡，穩重柔和的聲音響起。開口的人是站在黑板前面的學生會長——旭山扉學姊。

「後攻簡報結束後將會進行投票，請七位評審舉手替自己最能產生共鳴的一方投票，獲得較多贊同的一方即為贏家。不過，畢竟讓同學對閱讀產生興趣才是比賽真正的目的，這次只是測試，所以無論是各位評審還是進行發表的兩位選手，都請不要太把勝負放在心上。」

哪有可能啦！我在心中立刻回嘴。因為一旦輸掉這場比賽，我和平穩定的高中生活幾乎就要宣告結束了。源自不安心情的胃痛達到最頂級，心臟不停發出討厭的怦咚怦咚聲，手汗已經出到出不來了。

坐在我身旁的隊友想必也是同樣的心情，臉上標準的不安神情，反覆地深呼吸。然而會長非但沒對我們表示半點關心，甚至還喜孜孜地面露微笑，嗜虐地笑著宣布：「那麼……」

「先攻選手……喔不，既然是『文現對戰』，或許應該稱為『對戰者』？請先攻對戰者到前面來。」

「是。」

一個正氣凜然的聲音回應會長，先攻的學生會副會長——楯石理津學姊站起來走上前。

終於要開始了，我深吸一口氣，與坐在我旁邊的隊友——也就是卯城野小口同學正面相視，互相點了個頭。

跟幾天前才認識的女生一起，拿高中生活當賭注挑戰聽都沒聽過的競賽。狀況簡直就像拿異世界當舞臺的虛構競技漫畫開頭，然而很不幸地，這是真實人生，順帶一提，這裡只是鎌倉一所平凡無奇的高中。我再度深呼吸，然後回想事情演變至此的整個經過。

事情必須回溯到幾天前，也就是上週的星期五。

***

——慘了。

慘了慘了慘了慘了！

我——前河響平一邊在心中發出慘叫，一邊在剛放學的校內到處亂跑。

就在大約十分鐘前，班會結束，我正要回家時，發現應該收在背包裡的B6尺寸筆記本

——也就是寫著我自己創作的學園異能戰鬥奇幻小說《午夜騎士》的那本筆記本——不翼而飛了。當我確定找不到筆記本時，我先是在原地呆站了幾秒鐘，然後衝出了教室。

不是我要說，那本筆記本真的恥度爆表。任誰撿到都一定會拿來當話題，但教室裡沒人聊到類似的話題。也就是說筆記本絕對在學校裡的某個地方，一定是我午休去福利社買麵包時掉的。這麼說來，我在拿錢包時不小心把背包裡的東西掉了一地。我邊回想著這些事，邊在走廊上奔跑著尋找筆記本。

我所就讀的——應該說我正在到處奔跑的——這所學校，位於北鎌倉車站與鎌倉車站中間稍稍偏北鎌倉的位置，就在山區與國道之間，是一所歷史悠久的私立高中。附近有縣立近代美術館或鶴岡八幡宮等地標，校風沉穩，據說因為符合鎌倉這座城鎮的鄉土風情而聞名，但就算是這種學校還是不免有一兩個隱性宅。要是仔細找找，搞不好還能找到更多個。

好死不死幹麼帶來學校啊！這句反省的聲音在胸中迴盪。今天是星期五，媽媽的上班地方休息，因此會在這一天打掃家裡。我無論如何都不想被媽媽看到，所以才會帶來學校，誰曉得竟然適得其反。

那本筆記本要是被任何人看到，我百分之百會被當成有中二病的丟臉傢伙。進入這所學校以來過了半年，好不容易獲得了既不有趣也不顯眼，平庸、安全又和平的立場——時下流行的漫畫看是會看，但便利商店沒賣的都不知道；也沒讀過什麼輕小說；從來不會看深夜動畫；創作活動這種感覺就很宅的事情也從不接觸——我藉由鞏固了與真實情況完全相反的角色定位，才能平安無事地活到現在，但這一切卻即將土崩瓦解。那怎麼行！

沒有啦，其實被人發現我是阿宅也不會怎樣，我也覺得應該不會有問題，但光是忽然變成另一種人就已經夠丟臉了，而且好不容易才裝到現在，我不想讓一切白費，就算興趣被別人知道好了，至少那本筆記本我想隱瞞到底，特別是最後一頁，說什麼都不能露餡！

要是那一頁被任何人看到，而且看懂了內容，甚至是公開示眾，我這輩子就完了。

筆記本沒掉在福利社，但我不能放棄。就這樣，我拚命到處找了大約二十分鐘，總算找到了筆記本。正確來說，是在校舍後面發現一個女生撿到了我的筆記本，正在專注地閱讀。

這所學校的校舍後方靠山，應該說人在鎌倉，不管到哪裡一抬頭都能看到山，不過校舍與山區之間的窄小平地上，只有一小間像是老舊倉庫的建築物座落此處，所以絕不會有學生造訪。

在通往那棟建築物的小徑旁邊，那個陌生的女同學獨自一人坐在陳舊的長椅上，翻開了我的筆記本。

一頭直長髮烏黑亮麗，相對地肌膚卻很白皙。略呈八字形的細眉與長瀏海給人一種個性極其柔弱又認真的印象。纖細的身子個頭嬌小，柔軟的身體曲線顯得內斂端莊，看起來有點像是國中新生。看她制服的緞帶，似乎跟我一樣念一年級，但我不認識她。我想她一定是別班的女生，但另一種更強烈的想法是「好美」，我真的打從心底如此覺得。

在徐徐變為橙色的日光中，一名少女靜謐地閱讀手邊的書頁。這如詩一般的光景令我不禁看得出神，過了一會兒才猛地回過神來。

現在不是看女生的時候，我得請人家把筆記本還給我！面對初次見面的女生，要主動開口說出「那是我的」實在丟臉得要死，但總不能就這樣鎩羽而歸。對方不是學長姊已經算不錯了，我擦擦冷汗，走近長椅。

「不……不好意思……」

我站到她面前，怯怯地出聲叫她，但她沒反應。

「那個，那本筆記本……」

我試著說得更大聲點，但她還是沒有反應。我本來以為她是故意不理我，然而看她連頭都沒抬，好像就只是沒注意到我的存在。竟然看得這麼專心？我不認為那本筆記本有那麼好看啊。

「可以請妳把那本筆記本還給我嗎？」

我再次提高音量，但結果還是一樣。難道她耳朵不好？不，就算是這樣，我都站在她眼前了，這樣還沒注意到實在很奇怪。這個女生是不是有問題啊？一種有點沒禮貌的不安感受驅使了我，我猶豫了一下下後，「請問……」輕碰了一下她的肩膀……

「啊！呀啊啊啊啊啊！」

我的指尖一碰到她肩膀的瞬間，伴隨著嬌媚的尖叫，她的身子震顫了一下。

她從脖子一路紅到臉蛋，「啊啊！」口中發出難受的嘆息。纖纖玉手將筆記本緊擁入懷，她的身子縮成一小團。

「啊！啊嗚……！」

「噫！對不起！」

看她反應誇張到這個地步，我不假思索地道歉，急忙往後跳開一步。是我做錯什麼事了嗎？弄痛她了？嚇到她了？這時，她好像終於注意到我的存在，將紅通通的臉蛋朝向我。

「啊……！抱……抱歉嚇到你了！對不起驚擾到你！我這就離開！」

她先是像被電到般從長椅上站起來，對我低頭道歉，然後拿著筆記本把臉遮住，逃進倉庫裡去了。「……不會。」結果長椅前只剩下喃喃自語的我。

「不對，我的筆記本！」

＊＊＊

「那個女生怎麼會跑進這種地方……？」

一層樓的木造建築，靜悄悄地座落在校舍與山區之間的位置。我狐疑地仰望這棟一看就知道很有歷史的房屋，也就是那個拿著筆記本的女生跑進去的建物。

我從窗戶俯視過這間屋子好幾次，不過這還是頭一次實際走近。發黑的木製拉門上，掛著寫有「圖書室（舊）」的老舊牌子。括弧寫個「舊」字的部分好像是後來才貼上去的，質感不一樣。

「圖書室……這裡？」

我本來以為一定是倉庫，看樣子並不是。不過現在大家使用的圖書室在校舍三樓，而且看這上面補了個「（舊）」，可見這間小屋應該是以前的圖書室。我從來不知道還有這麼間圖書室。

然後，還有一件事令我意外，就是門上貼著一張紙，紙上印著「月底關閉（學生會）」幾個字。它說月底關閉，就表示現在是開放的。但誰會跑來這種地方借書啊？

既然是圖書室，應該表示誰都可以進去，但整棟建築光看就覺得氣氛好嚴肅，好像不能隨便靠近，我站在門前猶豫起來。可是不進去就不能請人家把筆記本還給我，我就這樣躊躇了一會兒——遇到這種時候無法下定決心，是我的壞習慣——結果還是伸手去拉門了。

「打擾了——……」

我壓低音量邊說邊走進去，發現裡面意外地寬敞，而且空氣很清新。約有兩間教室大的空間裡，排列著古舊的書架，長年使用的書背一字排開。舊書特有的氣味淡淡地飄散，微光從蕾絲遮光窗簾覆蓋的窗戶射進室內。

在這有些夢幻而跳脫現實的光景中，一頭直順黑髮的嬌小少女，正站在書櫃前看書。錯不了，就是剛才那個女生。制服外面套了件書店店員或圖書館員那種黃綠色圍裙，手裡拿的不是我的筆記本，而是布製書封的厚重精裝書。暗紅色的封面上，有著兩條蛇交纏成圓形的微凸圖案。

也許這個女生是圖書室的工作人員，整理書架時看到一本有興趣的書，於是忍不住開始看書？想著想著，我又看她看得出神了。

她的體型雖然像小孩子，但抬頭挺胸的站姿凜然而優美。從側面一看，能夠清楚看出柔軟的身體曲線，以及漂亮的髮質等等。小巧尖挺的鼻子配上長睫毛，線條分明的眼睛也很迷人。也許是視力不好，一雙大眼睛瞇細著，但側臉仍美得像一幅畫。我感動得不禁發出蠢笨的「哈呼」一聲嘆息，然後走到她身邊。

「請問——」

這次我試著一開始就用比較大的聲音叫她，但或許該說果不其然，還是沒反應。

「不好意思！」

我又提高了音量，但她還是沒做出回應。怎麼又來了？看來她屬於那種一開始閱讀，就會完全陷入書中世界的類型。那就不能怪我了，對吧？嗯，沒有辦法，不能怪我。我一面自問自答一面靠近她，對她說：「請問一下！」並輕輕戳了戳她的小小肩膀。

「呀……啊啊啊啊！」

她冷不防尖聲大叫，嬌小的身子重重一震。白皙的肌膚染得通紅，纖瘦手臂抱緊了書，口中漏出喘氣般的嘆息。

果然很性感！我忍不住產生了這種念頭；她在我面前猛一回神，滿臉通紅地看著我。

「啊……對……對不起！抱歉驚擾到你了，我這就離開！」

「等等！我不是什麼可疑的人啦！」

這套模式我已經摸清了，我繞到想轉身離開的她面前，張開雙臂擋路。別想逃！

「我只是想要回筆記嗚嘎！」

「咦？哇，呀啊！」

我解釋到一半中斷，被尖聲慘叫打斷了，因為她整個人撞上了忽然擋住去路的我。

我原本就沒站穩，撐都撐不住就往後摔倒，撞到了腰，然後她撲倒在我身上。我把掉在臉上的精裝書推開一看，只見形狀漂亮尖挺的小鼻子與長長瀏海就在我眼前，還有一對睜大的大眼睛。

好近，而且好可愛！被女生騎在身上，在輕小說或漫畫裡是很常見的場面，但是在現實

生活中，我當然是頭一次體驗，使我不禁忘了呼吸。她目不轉睛地注視我的臉，好像吃了一驚似的倒抽一口氣。

「啊……！你──該不會是……」

「呃，什麼……？我怎麼了嗎？」

「你不記得了嗎？我──」

她話講到一半忽然停住，眼前的臉蛋再度泛起紅暈，看來是總算注意到我們的姿勢了。她連忙跳起來與我拉開距離，整理好制服與圍裙等部位，然後急忙對我點頭致歉。

「非……非常抱歉……！你有沒有怎樣……？」

「沒有，我很好。我才該道歉，對不起嚇到妳了。」

「不……不會，是我不好，沒注意到你過來……我一開始看書，就會變得聽不到別人說話。而且還會……呃……變得很容易嚇到……」

她忸忸怩怩地一邊斟酌用詞，一邊訴說。簡而言之，就是會變得既敏感又情色對吧！我雖然這樣想，但就不用說出來了。看來她並不是害怕或討厭我本人，使我暫且放下心來。

「啊，我是一年三班的前河響平。」

「我是一年一班的卯城野小口……那麼前河同學，你找我有什麼事嗎？啊！還是說……難道你是來借書的？」

她——不對，卯城野同學原本只表現出難為情與歉疚的神情，一下子因為期待而變得明亮起來。雀躍的臉蛋雖然很可愛，但很不巧，我不是來借書的。我一告訴她「不是」，卯城野同學明顯地大失所望。

「這樣啊……說得也是……怎麼可能這麼容易就有人來這裡借書……」

「我知道妳正在沮喪，但是不好意思……卯城野同學，妳剛才在看一本筆記本，對吧？有吧，就是B6大小的那本，那應該是妳在學校裡撿到的吧……？」

她對我說話很客氣有禮，那我是不是也該一樣客氣？可是我們年級相同，講話應該不用太拘束吧。我一邊想著這些一邊問道，結果卯城野同學愣愣地偏了偏頭：

「是這樣沒錯，怎麼了嗎？我看到它掉在福利社門口，本來想拿到老師辦公室，但忍不住看了裡面的內容……」

「我就知道！那本筆記本，其實——是……是我的啦！我好像在午休時搞丟了，找了半天，然後……」

這次換我害臊了，整張臉發燙起來，講話變得結結巴巴，但現在絕不能逃避。我盡可能不提及筆記本的內容，解釋整件事情後，卯城野同學二話不說就把筆記本還給我了。謝謝妳！我深深一鞠躬表達感謝，然後重新注視我的個人筆記本。

乍看之下只是隨處可見的大學生常用筆記本，但不會錯，就是我的筆記本。眼前這個女生剛才把這本筆記本緊緊抱在懷裡過，所以我不由得想聞聞看香味，但我忍住了，把它塞進屁股口袋裡。呼，這下第一關姑且過關了。

「……對了，卯城野同學，妳有跟別人提過這本筆記本的事嗎？」

「沒有呀……」

「太好了……！還有……再問一個問題就好，妳有看筆記本最後一頁嗎？」

「也沒有——怎麼了，最後一頁有寫什麼嗎？」

「咦？呃，嗯，算是……那個……有寫一點東西。」

我顯而易見地慌張起來，講到最後吞吞吐吐，移開了視線。卯城野同學只說「這樣啊」點點頭，但雙眼中清楚而明確地蘊藏著出自好奇心的光彩。一副表情就像在說：「好想知道寫了什麼喔。」

這個女生似乎屬於感情容易寫在臉上的那型，我覺得很可愛，但她一直這樣盯著我看，我搞不好會大嘴巴亂說話。我很喜歡可靠又有活力的傲嬌型正統女主角，但對乖巧嬌小的娃娃臉女主角也毫無抵抗力。應該說我對大部分的女生都沒有抵抗力，誰叫我是個正值青春期的男孩子呢？因此我為了岔開話題，故意環顧一下室內。

「話說回來，我都不知道這裡有另一間圖書室耶。」

「這……我想大家都不知道。事實上，也幾乎沒人來這裡看書。」

「卯城野同學放學後常來這裡？」

「我每天都會來，因為我是圖書社的社員。」

卯城野同學有一點點得意，又有一點點驕傲，挺起小而美的胸脯點點頭。我先是看著她的笑靨看得入迷，然後才注意到一個陌生的名詞而皺起眉頭。圖書社？

「跟校舍圖書室幫忙大家借書之類的圖書委員不一樣嗎？」

「不一樣，圖書社負責維護管理這間舊圖書室以及舊圖書室的館藏資料，是歷史悠久的社團，雖然目前社員只有我一個人……」

卯城野同學的肩膀又垂了下去。只有一個一年級學生的社團活動？指導老師呢？幾個疑問浮現心頭，但我不知道問這種問題會不會很不客氣。我正在苦思時，「唉……」卯城野同學嘆了一小口氣，向我解釋舊圖書室的狀況。

她說舊圖書室最早是從六〇年代持續到八〇年代的文庫團體「北鎌倉文庫」所收藏的圖書。又說這裡所說的「文庫」並非不到二十公分高的平裝書，而是社區組織或自治會共同分享的圖書。後來北鎌倉文庫關閉時，藏書就全數移到這所學校的這棟建築裡。文庫中囊括的類別極廣，其中最多的是文學作品。最後她告訴我，這裡收藏了許多如今難以入手的圖書，偶爾還會有公立圖書館或大學申請借閱……卯城野同學邊走邊說明到這裡時，「對了……」她轉頭詢問。

「前河同學都看什麼樣的書呢？」

不是問「會不會看書」，而是「看哪種書」。這個毫不懷疑對方也愛看書的問題，問得走在她後面的我不禁別開目光。

「主要是輕小說……呃呃，大概就奇幻或校園題材……之類的？」

「奇幻的話，這裡網羅了各種經典名著喔？有興趣的話請參考看看。」

「咦？呃不，我不是來借書的。這裡多久有人來借書一次？」

「根據近年統計，每年大約五六次。」

「好少喔。」

「……嗚。」

我一誠實講出感想的瞬間，卯城野同學的臉色就一沉。糟了！我應該說「意外地還滿多的」才對嗎！我急忙想打圓場，但卯城野同學傷心的臉孔低垂下去，「對不起！」地向我道歉了。

「我……我一時愛面子說了謊，其實每年只有兩三次……」

「……那可真是……哦……」

我回以毫無意義的感想，同時明白了卯城野同學問我「難道你是來借書的？」時，為什麼會散發出那種期待感。她八成以為我是那每年僅有的兩三名借閱者之一吧。

「真佩服這樣還能維持下去——啊，對喔，再過不久就要關閉了嘛。」

我想起貼在門口的學生會通知，邊注意語氣邊問她。「是呀。」卯城野同學點頭。

「學生會的人士是說，這裡很少有人使用，又盡是些舊書，難得有這麼寬敞的房間與書架，太浪費了。說要把藏書處理掉，將這個房間拿來做其他運用比較合理……」

「原來如此。」

雖然對卯城野同學不好意思，但我能理解。擺在這裡的圖書，都是些高中生大概不會看的類型，事實上，我也不怎麼受舊書吸引。像車站附近有一間舊書店，由一個看起來很凶的大哥哥看店，但我從來不會想進去逛逛。

「這應該是無可奈何的吧……」

「怎——怎麼能說無可奈何呢……！」

「畢竟很少有人來——什麼？」

卯城野同學的口氣冷不防變得衝了起來，把我嚇了一跳，眼睛睜大。這位同學，您突然怎麼了？我不禁住了口，卯城野同學跨著大步走過來——哇，靠得好近——目不轉睛地瞪著我開口：

「我……我認為以閱覽人數的多寡來判斷需要與否，是一件非常令人遺憾的事……長年流傳下來的圖書，有令它流傳下來的力量……況且，就算是同一本書，只要版本不同，文章也會不同，有時連內容都會改變……！舊版書本身就是一種珍貴的資料喔……？」

「這……這樣啊。」

「是……是呀……！不只如此，這間舊圖書室收藏的，全都是古今中外的經典名著……好吧，其實也不一定，但很多都是名著！怎麼可以就這樣處理掉……我……我是這麼覺得的！我一個人再怎麼向大家訴求，都無法顛覆已經決定好的事，我也已經死了心，知道這是沒有辦法的……可是，我的想法是不會改變的……」

卯城野同學不停訴說。她本性柔弱，想必很不擅長強烈斷定一件事，因此情緒大起大落，從頭到尾又一直持負面態度，但我仍然很佩服她。

她明明戒心那麼強，怕生又懦弱，面對第一次見面的人，卻敢於述說自己喜歡的事物，光這一點就足以讓我尊敬她。不像我，總是拚命隱藏自己的興趣。我一面痛切體會到自己的窩囊，「既然如此……」一面向她問道。我想多聽一點她的說法。

「這裡有妳推薦的書嗎？」

「推薦的？我……我推薦的嗎？我喜歡的文類是國外兒童文學，但是——我很難只舉出其中一本。」

「多挑幾本也無所謂啊。」

「嗯——……不過還是很難抉擇呢……我喜歡像是《魔幻的瓦特希普高原》或《北風的

背後》這種議題有點嚴肅的奇幻文學，但《洋蔥頭歷險記》或《大盜賊霍琛布茲》等風格輕快、容易閱讀的也不錯，噢，對了對了，還有歷史類的。例如《帝國戰記》等等……不，《安帕阿》也不錯——」

初次耳聞的一串書名無止無盡地冒出來，她的豐富知識與熱情震懾到我了，我呆若木雞地睜圓了眼，這個女生好厲害喔。

「——當然，《納尼亞傳奇》與《哈比人歷險記》也不能錯過。呃，這兩個系列應該是不挑讀者的。真要說起來，國外的兒童文學名著由於都經過翻譯與歲月的雙重考驗，因此我認為當然值得一讀。其中我最喜歡的一本是——啊！」

卯城野同學本來講得正起勁，忽然整個人停住了。她的臉蛋頓時發紅，小手緊緊抓住圍裙裙襬。看來是發現自己講得太激動了，我本來想跟她說不用害羞，但卯城野同學先開口：

「對，對不起！你一定覺得我講話舉止跟喜好都很孩子氣……對吧？」

「嗯？不會啊，不會，我沒有那麼想。是說妳能這樣熱情地談論自己喜歡的東西，反而讓我很崇拜……我是這麼覺得。」

「不用勉強稱讚我沒關係……！還有，請不要講話忽然變得客氣起來。」

「啊，好的。不過我是說真的喔？妳能記住這麼多喜歡的書名，真的很厲害，而且還能坦率說出自己喜歡這些書，我很尊敬妳這一點，還有，我覺得聊起書本話題的卯城野同學超

柯南·道爾《名偵探福爾摩斯（1）血字的研究》（POPLAR社）

可愛。」

「可……！」

「對不起，我說了奇怪的話！」

面對滿臉通紅說不出話來的卯城野同學，我不假思索地低頭賠罪。我一心只急著想打圓場，結果好像說溜嘴了。好吧，雖然那是我的真心話，但不該選在這時候說出來呢，嗯。我連忙點頭賠罪，「不過……」然後用平靜的語氣繼續說：

「這下我明白這裡的書很珍貴了，我完全能感受到妳的心意。」

「這……因為我說的都是真心話，我很喜歡舊書。」

「為什麼？新書不是比較好嗎？比較乾淨啊。」

「是……是這樣沒錯，有些舊書是會褪色或是髒掉……但我覺得舊書這種東西，似乎懷藏著各種事物……每當看到舊書，我就會自然而然產生無盡的想像。只是看著還沒讀過的書，我就會想：有什麼樣的人接觸過這本書呢？看了這本書，那些人有過什麼感想？這本書裡有什麼樣的內容……之類。即使是一個人看書，也會覺得好像跟別人共享同一份心情，很好玩……」

卯城野同學環顧書櫃，感慨萬千地敘述。原來如此，我能了解。也就是說她閱讀的同時，也在享受這本書背負的歷史。的確，這是閱讀新書時體會不到的感慨。還有，我還是覺得卯城野同學滿懷對圖書的感情，侃侃而談的樣子很可愛，真的。就在我這樣想時，卯城野同學轉過頭來，「而且……」又做了補充。

「最重要的是，這裡對我而言，是非常珍貴的場所。」

「怎麼說？」

「是的……其實，我雖然很愛看書，但一定要獨處才能看書……因為我一看書就會太過投入，變得完全聽不見旁人的聲音……」

卯城野同學抱住自己的身體，臉蛋低垂了下去。這我已經知道了。

「我懂，我已經見識過兩次了，而且兩次妳都對我尖叫。不能借回家看嗎？」

「直到上中學我都是這麼做的，可是……在家裡看書會被罵，說我看太專心會很危險。所以我只能在外面看……」

「喔……那可真是——辛苦呢，真的。」

面對神色憂鬱的卯城野同學，我說出了誠摯的心情。雖然我也會看書或漫畫，有些也會看得很專心，但還不至於像她這麼投入。

假如像卯城野同學有這種體質，而且還不能在家裡靜下心來看書的話，那麼這裡這種沒人會來的場所想必是不可多得的。然而這裡很快就要關閉，這麼一來，她就要失去容身之處了。我由衷同情起卯城野同學，而當我發現時，我已經開口了：

柯南・道爾《名偵探福爾摩斯（1）血字的研究》（POPLAR社）

「……我說啊，有沒有什麼我能幫忙的？幫忙讓這裡不用關閉。」

我正眼注視著卯城野同學，盡可能用最真誠的語氣問她。我們才剛認識，也許會有人覺得我太同情人家了，但我覺得這個女生很迷人，她有困難，我不願意坐視不管。

而且這個卯城野小口同學，還看我這本恥度破表的自創小說看得那麼沉迷。換句話說，她說不定能理解我的品味，如果是這樣，這麼珍貴的一位人才，我能放著她有心事不管嗎？不，不能！

我一邊用反問的語氣自問自答，一邊等她的答覆。卯城野同學一聽，一瞬間愣愣地睜圓了眼——我以為她會高興，沒想到她沮喪地低垂視線，然後露出堅強的笑容。

「……謝謝你，但我會想把這裡保留下來，有一半是出於我個人的任性，所以……」

「但我認為只要另一半是正當理由就夠了啊。」

「可是，舊圖書室的撤除，是學生會決議通過的，所以……」

「既然如此，不如去找學生會談談看怎麼樣？是說妳有去跟她們商量過嗎？」

「咦？不，這怎麼好意思……人家一定會跟我說這件事已經決定了……況且，如果因為我多嘴，給了學生會的各位不好的印象，情況說不定會變得更糟……」

「妳的思考模式怎麼這麼悲觀啊……？」

「我……我天生就是這樣……對不起。」

「咦？不，我沒有在怪妳啦。總之就死馬當活馬醫，去求情看看怎麼樣？如果是教職員會議的決定也就算了，但學生會的話感覺似乎比較好說話。」

我的口氣慢慢變得堅定，可以感覺到自己講得講著，越來越有意願做這件事，實在必須說我的個性還真單純。

「況且，最近新一任的學生會長是美女——不是，呃不，據說是這樣，但我不是要講這個，呃呃，對了，我聽說她還滿好說話的，會傾聽任何人的煩惱！就不抱希望試試看嘛，試試看。」

我話中不小心透露出一些真心話，但還是不停試著說服她。卯城野同學一直靜靜地聽我說，考慮了一下後，「既然你都這麼說了……」輕輕點了點頭。

＊＊＊

事情就是這樣，我帶著卯城野同學前往校舍本棟的學生會辦。辦公室裡很安靜，除了會長之外只有一名成員，正在做事。學生會長旭山扉學姊聽完我的訴求後，彎下線條優美的眉毛，臉上浮現出傷腦筋的笑容。

「嗯——你這麼說，我也沒有辦法。」

柯南・道爾《名偵探福爾摩斯（1）血字的研究》（POPLAR社）

一如溫柔的臉龐五官，輕柔的聲音從她的櫻桃小口發出。她有著一頭柔順的中長髮，配戴附有緞帶的髮箍，左眼底下有顆淚痣，形成了魅力焦點。如同傳聞一樣美麗動人的學生會長，坐在會長座位上沒動，眼睛停留在我與卯城野同學身上。

「的確，我可以動用學生會的權限，中止撤除舊圖書室一事。可是，畢竟事情都已經決定了。」

「說……說得也是……」

「妳放棄得太快了啦，卯城野同學！會長，能不能想點辦法？」

「我明白兩位的心情，但並不是我想將那個房間改成文書倉庫，是副會長理津提出的。所以如果要說服，應該先從她說服起。是不是，理津？」

「沒錯。」

在旁邊辦公桌面對電腦的女學生回應了會長的呼喚。她體格瘦長高挑，留著短髮，方框眼鏡底下的眼神很是嚴峻。副會長的外觀神態與會長正好相反，一看就是個耿直的人，她俯視著站在會長座位前的我們開口：

「我是副會長楯石理津。」

「啊，妳好，我是一年級的前河響平，她是圖書社的……」

「初……初次見面，我叫卯城野小口。」

「我已經聽到你們的名字與請求內容了，所以我知道。言歸正傳，的確是我提案關閉舊圖書室的，有什麼問題嗎？」

副會長三言兩語打完招呼，就冷冰冰地進入正題。面對她這種公事公辦的講話口氣，我正不知該如何應對時，副會長可能是覺得這樣講話太冷淡了，雙臂抱胸補充道：

「……我也不是討厭看書，事實上我算是喜歡閱讀的。但是，保管著幾乎無人閱覽的舊書，並不符合經濟效益。有需要時只要查詢哪間圖書館有，申請調書就行了，況且最近很多作品會在網路上公開全文。難得有這麼寬敞的房間，應該讓現在的學生有效運用，我有說錯嗎？」

「原來如此，滿有道理的耶。」

「前……前河同學……！你怎麼一聽就接受了啦……！」

「啊，對不起！我基本上對女生比較沒轍……」

其實我對有威嚇感的冰山美人更是沒轍，不過這就不用說出來了。卯城野同學嘆了口氣後，往前略為踏出腳步，怯怯地開口：

「可……可是……登錄在資料庫上供人調書，跟看著實際擺在書架上的書做挑選，這兩種狀況，那個，我認為完全不一樣……」

「我聽不出重點，具體而言哪裡不一樣？」

「咦？呃呃，這個嘛，像……像是摸起來的觸感，之類……？總……總之，如果只是關閉也就罷了，但是要把藏書處理掉，未……未免太……」

「未免太怎樣？」

「未免太……嗚嗚……沒什麼。」

被副會長冷冷地瞥上一眼，卯城野同學一下子就住了口。看她這副模樣，實在不像那個第一次遇見我時，對我熱情闡述舊圖書室重要性的人。我以為她雖然個性怯弱但有話直說，難道說她怕跟學長姊說話？我正覺得奇怪時，卯城野同學低頭道歉，輕聲說了：

「……對不起，驚擾各位了。」

「咦？這麼快就要放棄了？」

「有什麼辦法……！真要說起來，我從一開始就已經死心了。還不都是前河同學硬要我過來，說死馬當活馬醫……」

「可以請兩位稍等一下嗎？」

忽然響起一陣柔和的聲音，打斷了卯城野同學的話。說話的是會長，她從座位站起來，就像在說「先別急」般地推開副會長，然後目不轉睛地打量卯城野同學，微笑了。或者應該說她露骨地擺出下流的表情，邪邪一笑。

「妳叫卯城野小口同學，對吧？我從剛才就在想——妳真的好可愛喔。」

「……什麼？」

「這種稚嫩卻又凹凸有致的身體曲線，一看就顯得和順柔弱的臉部五官……很好，實在是太好了，小口妹妹。妳令我渾身顫抖呢，具體而言是讓我的嗜虐心發癢難耐。」

會長呼呼地笑著。這個人突然間是怎麼了？我與卯城野同學正在困惑時，副會長說出「壞毛病又跑出來了嗎……」嘆了口氣。壞毛病？總之我先擋到卯城野同學的面前。

「請……請等一下，會長？妳的講話口氣跟視線都很色耶？卯城野同學被妳嚇到了。」

「不要緊，男孩子我也喜歡的。」

「哇呀！」

我的口中冒出怪叫，因為會長冷不防摸了我的屁股。她沒理會嚇了一跳的我，說聲「失禮了」就高雅地微笑著回到座位，若無其事地開口：

「換言之，就是這麼回事吧？副會長理津想要舊圖書室，小口妹妹想留下舊圖書室，而我則是都可以……既然如此，就只能一較高下了。」

「一較高下？怎麼做？」

「當然是『文現對戰』了！」

會長斬釘截鐵地立刻回答我的問題，又點個頭表示心意堅定。文現對戰？這個陌生的詞彙讓我一頭霧水，卯城野同學在我身旁問道：

「您是說書評競賽嗎……？就是那種以啟發閱讀興趣為目的提出的競賽，最近書店等等也常舉辦的……」

「妳說的那個是『Biblio Battle』才對吧？文現對戰是以Biblio Battle為基本概念，由我設計的全新競賽。是更具遊戲性，更快速，更自由過頭而不講禮節的讀書風氣振興遊戲！其實就叫做Biblio Battle也不是不可以，但是籌辦過一項新事業或活動，在推薦入學時比較吃香——說錯，我是覺得既然要比賽，就該比得更有趣味。」

「會長，妳不小心說出真心話了。」

「我聽不懂你說什麼，前河同學。總而言之，我是在問各位要不要來場文現對戰。我很想請各位實際演練一次看看，不過既然要比，就要認真較勁才有意義。這種機會不容錯過，所以……」

會長口若懸河且不容分說地一口氣講到這裡，接著操作自己辦公桌上的電腦，從印表機列印出一張標題為「企劃書（暫定）」的紙。「請看。」會長將紙張交給我們，我與卯城野同學把臉湊近紙面，看過內容。

「……我看看，首先由先攻者選出五本競賽用書，再由後攻者從中選出一本，做為競賽主題。」

「雙方各自以簡報介紹主題圖書，由能引發較多評審閱讀意願的一方獲勝。評審可自由參加，或是隨機挑選……這樣？」

「規則很好懂，對吧？這次的主題，我要請各位從舊圖書室的藏書中做選擇。然後只要你們能贏過副會長理津就等於防衛成功，怎麼樣，小口妹妹？」

「真……真的？只要贏了這場比賽，舊圖書室就——」

「啊啊！一如我所料的良好反應！看到別人提出的渺小希望，雖然還有心防認為可能有詐，但仍不得不受到誘惑的少女那種眼神……真讓人難以抵抗。」

會長定睛注視著緊張興奮的卯城野同學，舔了舔嘴。這個人只要默不吭聲，明明是個高貴美女的。我一面感到幻想破滅一面敬而遠之時，會長迅速恢復成平常的神態，接著說道：

「只要小口妹妹贏了，我就動用會長權限留下舊圖書室，這點我向你們保證。當然，如果妳輸了，舊圖書室就要按照預定計畫關閉，藏書也要清空。而小口妹妹必須加入學生會，可以吧？」

「是，這我明白……咦！」

「會長，妳剛才不動聲色地加了新條件對吧？」

我們倆一起目不轉睛地瞪著會長，只見她染紅雙頰，害臊地扭動身子。

「不瞞各位，說來難為情，其實我最喜歡像小口妹妹這樣可愛的女生了。可是現在的學生會，就是缺了女孩子的華麗氛圍……」

柯南・道爾《名偵探福爾摩斯（1）血字的研究》（POPLAR社）

「不是有副會長在嗎……？」

「真是個傻問題，前河同學。理津我已經看膩了，而且她根本就一點也不可愛，個頭這麼大。」

會長講得好直接，絲毫不留情面。呃，可是我覺得副會長很漂亮啊。我正這樣想時，會長還在扭動身子，繼續說下去：

「不要緊，我不會對妳怎麼樣的。我沒有那種權限，所以頂多就是委婉地強迫妳穿上令人害羞的COS服拍幾張照片……哎喲，我說溜嘴了。總而言之，妳願意接受這個條件嗎？假如圖書社的知識與熱情竟然輸給外人，那繼續維持下去也沒有意義，所以用這種方式較勁應該很合宜吧？理津妳覺得呢？」

「反正無論我說什麼，妳都會執行吧。好吧，文現對戰本身是個不錯的企畫，要我介紹個一本書也不是難事。簡言之就是隨便選本書發表書評，對吧？況且我也不是說什麼都得廢除舊圖書室，假如妳能讓我覺得該留下來，那就留著也行。因此我沒有異議，就看圖書社怎麼決定。」

「當然要接受唔咕咕咕咕～」

我馬上就想答應下來，但卯城野同學冷不防堵住了我的嘴。咦，為什麼？我被堵住嘴巴，困惑不已；卯城野同學把我拖到辦公室角落，惡狠狠瞪著我。

「等一下啦，前河同學！你……你怎麼可以擅自答應下來……！」

「咦？因為雖然輸掉比賽的話要付出很大代價，可是讓卯城野同學上場，應該輕輕鬆鬆就能獲勝吧？」

「我……我不行的啦！絕對沒辦法……！真要說起來，拿書做比較判定輸贏，這件事本身就不對，而且我動不動就容易緊張，又會怕生——要我在別人面前做簡報，我絕對辦不到！」

「……咦？是這樣喔？呃，不，可是，妳第一次遇到我時，不是還滔滔不絕地告訴我那麼多……」

「那是因為是前河同學！」

咄咄逼人的眼光固定在我身上，卯城野同學加重語氣如此斷言。被女生貼的這麼近說「因為是你」讓我很開心，但老實說，我不懂她的意思。為什麼是我就沒問題？我正滿腹疑問時，卯城野同學嘆了一口氣。

「……你果然沒注意到呢。」

「咦？呃——注意到什麼……？」

「打擾一下～？如果小口妹妹不能上場，換前河同學來也行喲？」

會長從我們身後出聲打岔。不不不，請妳別講這種強人所難的話。我轉頭看向她，搖了搖頭。

「我更沒辦法，我對圖書一竅不通，嘴巴又笨。」

「哎呀哎呀，是這樣嗎？我倒覺得如果是前河同學的話，應該沒問題喲。」

會長嘴角浮現膽大包天的笑意，走到我身邊來，將嘴湊到我的耳畔，壓低著音量說了句話。我一聽到的瞬間，整個人僵住了。我霎時變得面無血色，全身噴出冷汗。

「妳——妳妳妳妳，妳怎麼知道的！」

「因為我看了這本筆記本的最後一頁呀。」

「啊啊！那是我的筆記本！什麼時候被妳拿去的？」

「方才我摸了前河同學的屁股時拿到的，因為這本筆記本看起來有點蹊蹺，我一時好奇……趁兩位在談話時，我大致過目了一下。來，還你。」

「謝謝！不對！雖然是很感謝，但我一點都不想謝妳！副會長！這種人當學生會長真的沒問題嗎？」

「她從以前就是這副德性了，死心吧。」

「妳這話是什麼意思呢，理津？先不說這了，我認為前河同學具有足夠的技術，可以參加文現對戰。這～是～因～為～」

「哇——！不要啊！求求妳了！只有這件事！拜託只有這件事千萬別說出來！」

我大聲打斷會長，匍匐在地低頭哀求。目睹我流暢俐落的磕頭動作，副會長與卯城野同學面面相覷，你看我我看你，像是在說「這是怎麼回事？」、「我也不清楚」，但我不可能解釋給她們聽。看我如此苦苦哀求，會長溫柔又驚悚地微笑了。

「請放心，我怎麼可能做出這麼殘忍的事，把你想隱瞞的祕密公諸於世呢？」

「謝……謝謝會……」

「不過，事情是你們提出來的，卻不肯接受挑戰，未免有點缺乏誠意吧。看到學弟妹這樣，我恐怕會因為幻想破滅造成太大打擊，而把細節公開給全體師生知道。」

「……什麼？」

「如果不希望我這麼做，可以請你們答應參加文現對戰嗎？對了對了，為了醞釀出緊張感，就立個條件說即使接受對戰，一旦輸了也要把事情公開，如何？」

「這樣不管要不要都要下地獄不是嗎！魔鬼！」

「魔鬼？你說我嗎？」

「啊，沒有，沒什麼！問題是真要說起來，這不是我能決定的，我只是擅自插手管這件事的局外人，跟卯城野同學或圖書社都沒有任何瓜葛。」

我一邊卑微地對會長磕頭求饒，一邊對卯城野同學投去視線，希望她能說出「說得也是，這傢伙與此事無關，所以剛才說的這些請統統取消」之類的話。好吧，如果她願意接受

柯南・道爾《名偵探福爾摩斯（1）血字的研究》（POPLAR社）

挑戰，以我個人來說當然很感激，但我實在沒臉這樣拜託人家，至少希望一切能當作沒發生過……以下省略。我偷瞄一眼卯城野同學，用眼神訴說這些想法，同時一次又一次不顧面子地懇求：

「真的千萬拜託妳，會長。請妳就當作拯救我這個白痴，大發慈悲行行好，真心請求妳……」

「——我……答應。」

忽然間傳來一個細小的聲音，打斷了我沒完沒了的求饒。

是卯城野同學，她說要答應？真的可以嗎？得救啦！可是真的假的？我既感激的同時又感到意外，在我的面前，會長笑逐顏開。

「太謝謝妳了！那麼，比賽訂在下週一，會場就是這間辦公室隔壁的學生會專用會議室。事前我會募集公正的評審，不過……敗北時妳也願意答應我開出的條件，對吧？」

「……如……如果我輸了，我會乖乖接受廢除舊圖書室，並且加入學生會……所以，請您不要再威脅前河同學了。」

「好的～我了解了。」

「謝……謝謝妳，卯城野同學！可是為什麼？如果妳是不忍心看我這樣，那……」

「你不需要這麼煩惱。」

我惶恐地一問，卯城野同學輕聲說了。唯一一名圖書社員面露意外堅強的笑容，始終保持抬頭挺胸的姿勢。

「我很感謝前河同學。」

「……感謝？為什麼？」

「因為，在前河同學說出要直接來談判之前，我完全沒有抱持任何希望。可是……事情現在有了轉機，舊圖書室有可能保留下來了。是前河同學替我製造了這個機會……所以，謝謝你。」

她很明顯在壓抑不安的心情，而且之所以接受挑戰，說到底恐怕也是同情我。這些我都很清楚，但正因為如此，她的笑靨更強烈撼動了我的內心。

好堅強的女生啊，而且是如此的溫柔善良。我說不出話來，只能低頭致謝。今天真是動不動就在跟人低頭。

「我才應該謝妳！只要是我能做的，我什麼都願意幫忙！」

「好……好的……那麼，可以麻煩你幫我準備文現對戰嗎……？光靠我一個人，實在沒有辦法。」

「當然好嘍！啊，可是我不是社員耶。副會長，我現在加入圖書社來得及嗎？」

「學生想何時加入社團都是可以的，雖然一開始只能算是體驗入社，而不能成為正式社員，但並不構成問題。不過你這個人，真的是什麼事都走一步算一步呢。」

副會長俯視著我，好像打從心底對我很傻眼，卯城野同學與會長沉默地點頭表示同意。我無話可回。

後來，我們兩個圖書社員與副會長移動到舊圖書室，挑選了做為比賽題目的圖書。經過猜拳，決定由副會長先攻。「盡是些舊書，沒幾本看過的。但是為求公平競爭，得選擇有多一本的書才行。」她一邊嘟噥著諸如此類的話，並選出五本候補——她可能喜歡推理小說，每本都是這類作品——我們兩個後攻則從中選出一本，題目就此決定。

選出的是《名偵探福爾摩斯（1）血字的研究》，就是那個知名的「夏洛克．福爾摩斯」系列的第一集。副會長把這本封面老舊褪色的兒童讀物借回去，我與卯城野同學留了下來。我跟她在讀書用六人座的桌子一角，中間隔著另一本《名偵探福爾摩斯》面對面坐下，然後怯怯地問她：

「抱歉我現在才問，不過由我來選真的沒問題嗎？」

「因為我不是很熟悉推理小說這個類別，而且以這方面來說，我覺得上臺發表的人的意見比較重要。」

「有道理……咦，是我要發表嗎？」

「我……我也沒辦法啊……！我會怯場！簡報的講稿我來想，希望你幫我唸就好。」

「啊，原來如此，這樣或許可行。」

「那就拜託你了。不要緊的，前河同學從以前就……不，沒什麼。」

卯城野同學話講到一半就中斷，嘆了口氣。我不知道這是什麼意思，只知道她好像對我很失望。「總而言之……」卯城野同學繼續說。

「現在必須思考如何贏得比賽……這本書你有看過吧？」

「……沒有……應該說，其實我從沒好好讀過任何一本《福爾摩斯》。」

「咦？咦，咦——咦咦！」

她那種驚愕的視線就好像不敢相信天底下竟然有這種人，刺進我的內心。我忍不住別開目光，囁嚅著繼續說明。

夏洛克．福爾摩斯常常被引用來開玩笑，所以我知道有這個人物，但沒讀過原作。我只知道他是推理能力精湛、完美無缺的名偵探，故事好像是以十九世紀還是二十世紀初的英國為舞臺，還有個叫華生的助手，但也就只知道這些。副會長選的其他四本我連名字都沒聽過，所以只是用刪去法選了這本……以下省略。

聽完我的整篇藉口後，卯城野同學一臉快要哭出來的不安表情，低頭看著桌上的書，然後再次看向我。

第一話　柯南．道爾《名偵探福爾摩斯（1）血字的研究》（POPLAR社）

「我問一下……你怎麼會選一本沒看過的書呢？」

「我說了，我是想說福爾摩斯的話還勉強知道一點，所以或許比別的書好一點。就一個大偵探靠自己解決所有案件，說穿了就是龍傲天那型的嘛。」

「『龍傲天』……？對不起，我聽不太懂。總之，請你先把這本書看完。」

「……是。」

我接過書本一翻頁，一股古書特有的陳年紙張氣味飄散出來。根據版權頁記載——剛剛她才教過我說一本書的所有資訊都集結在此——這本書是在昭和五十七年出版的，換算成西元就是一九八二年，距今已經是三十多年前了。

文字比我想像的小，不過既然是兒童讀物，比賽前應該看得完。而且卯城野同學說簡報講稿她會幫我想，大概不用太緊張……我正這樣想時，發現卯城野同學在看我的背後，正確來說是我塞在屁股口袋裡的筆記本。

「啊，妳還是會好奇？」

「是……是的……我知道裡面是小說，但是會長用來要脅前河同學的，並不是小說，對吧……？而且我不明白她為什麼會說『前河同學的話沒問題』，也很好奇最後一頁到底寫了什麼……啊！我是覺得不可能，但你該不會在接觸什麼非法行為……」

「什麼？不對不對，不是啦！妳想太多了！」

「……那……那麼究竟是……？」

卯城野同學一面明顯地懷有戒心，一面懷疑地問。也是啦，她當然會不放心了。我猶豫了一會兒後，決定誠實告訴她。

因為卯城野同學之所以會接受挑戰，一開始的原因是為了保護我，況且如今我已經是圖書社僅有的兩名成員之一。不必要的懷疑有礙互相合作，而且我認為她不會把別人的祕密到處亂說。我吞吞口水做個深呼吸，然後神色嚴肅地開口：

「其實我有在網路上分享朗讀影片。」

「你說……朗讀影片嗎？」

聽到這個陌生的詞彙，讓卯城野同學很是困惑。我點點頭，感覺到臉孔因害臊而發燙，但仍繼續說明。

我告訴她我用匿名的方式，不露臉，採用廣播劇的形式在網路上分享自創小說的朗讀影片。又說這本筆記本裡寫的是小說，同時也是朗讀劇本。還告訴她寫在最後一頁的是我的帳號名稱與密碼，只要拿這幾個字搜尋一下，馬上就能找到影片分享網站等等。其實還有一點，就是播放次數低得可憐，而且評價幾乎不能更差，這件事我就瞞著沒說了。

聽完我的說明，卯城野同學似乎不知該做何反應，視線游移了一會兒後，納悶地看著我。

「……你嚮往成為配音員嗎？還是想成為播報員……？」

「沒有，我沒有那麼了不起的夢想。只是從很久以前，我就喜歡把故事唸出來……」

我一邊慌慌張張地解釋，同時回想起來。我之所以會喜歡上朗讀，起因自念幼稚園時常去參加的市立圖書館繪本讀書會。每次圖書館員唸完繪本給大家聽後，我好像都會學著大聲朗讀繪本內容。當時有個小朋友聽我唸得很開心，一定是這樣我才會唸得那麼起勁……我媽是這樣說的。

雖然我只有模糊的印象，不過自從那時候起，我就變得很喜歡故事與朗讀，這是真的。但我又不好意思當著大家的面朗讀，所以沒能加入文藝社或話劇社，結果只能不露臉分享自創小說的朗讀影片。

「千萬不要去搜尋喔。」

「我不會去搜尋，可是……為什麼呢？」

「咦？什麼為什麼？」

「我不懂的是，你為什麼這麼不好意思……無論是寫故事，還是製作朗讀影片跟大家分享，都不是什麼壞事啊……你是因為喜歡所以才做的，對吧？」

「那是當然了，並沒有人命令我，真要說的話，根本沒人知道我在做這種事。」

「就是啊，那為什麼……？」

為什麼要這樣躲躲藏藏的？卯城野同學用嚴肅的眼神問我，但問我也沒用，只能說我就是會害臊。應該說一直談這個話題，就已經夠讓我難為情了。

「總……總之！這不重要，現在文現對戰的事比較要緊！」

「啊，對！說……說得也是……」

看我硬是把話題轉回去，卯城野同學戰戰兢兢地附和。卯城野同學雖然仍然一臉不解，但可能是體察了我的心情，或者是明白到再問可能也沒用，也就沒再追問這個話題。我鬆了一口氣，同時發現自己心中產生了小小疑問。

寫小說或是分享朗讀影片都絕不是壞事，也沒人強迫我。既然這樣，我到底在害臊什麼？

＊＊＊

當週的星期天，我在北鎌倉車站前的一家小小咖啡館，與卯城野同學面對面坐著，閱讀她剛剛交給我的簡報用原稿。我們在舉行作戰會議，以備星期一的文現對戰。假日不能使用舊圖書室，所以我們才會像這樣在外面討論。

卯城野同學在我對面的座位，一邊看比賽的指定書籍《名偵探福爾摩斯（1）》一邊等

柯南·道爾《名偵探福爾摩斯（1）血字的研究》（POPLAR社）

我，當然她穿的是便服。光是「假日在校外跟女生單獨碰面」這種宛如約會般的場面就已經夠讓我心猿意馬了，卯城野同學還穿著綴有緞帶的女用高領水藍色襯衫，說不出有多清純可人，我一看到她的瞬間，差點沒開口向她表白。真佩服我按捺住了。

卯城野同學的家位於北鎌倉車站另一側，就在斜坡的上面。我記得斜坡上有個歷史悠久的高級住宅區，她大概就住那附近吧。附帶一提，我家在這裡往北一個叫大船的地方。

一如預料，站前的咖啡館滿是觀光客。只不過鎌倉因為是觀光勝地，一整年幾乎都是這種感覺。在這個時期，觀光客的目的大概是去圓覺寺或明月院賞楓吧。我對寺廟或神社沒啥興趣，不過在鎌倉，小學都會舉辦走訪各寺廟神社的活動，所以自然而然就記住了大多數的觀光景點……不對，我得專心，專心。

我自我警惕一下，眼睛對準手上的報告講稿。卯城野同學整理出來的原稿，以優美的字跡寫出了夏洛克·福爾摩斯的介紹與歷史上的評價，還有收錄在這本書裡的情節大綱等等。我看完最後一行後，抬起頭來。

「卯城野同學，我看完了。卯城野同學？」

卯城野同學沒回我，坐在我眼前的她，視線固定在打開的書本上，沒有一絲動靜。又來了嗎？

「……卯城野同學～」

「呀啊啊啊啊啊啊啊啊啊！」

我輕輕戳了一下卯城野同學托著書的手，她發出早已聽慣了的嬌媚叫聲，整個身子大幅扭動了一下。稚嫩的嬌喘讓店裡所有人的目光集中到我們身上。我搖搖頭表示我們沒事，然後向紅著臉緊緊抱住書本的卯城野同學問道：

「真是辛苦妳了……妳不管看什麼書都會這樣嗎？」

「是……是的……只要一專心起來，就會一直這樣，直到把整本看完……我想我會變成這樣，是受我最喜歡的**那本書**影響——啊，現在不是說這個的時候，那……那個……原稿寫得如何？」

一雙大眼睛目不轉睛地注視著我，我雖然遲疑了一下，但還是決定坦率講出感想。

「那個……我覺得有點一板一眼。」

「一板一眼……？」

「嗯，雖然沒有寫錯，但或許有點硬。」

我輕輕點個頭，解釋給她聽。卯城野同學寫的介紹文，感覺就像死板的必讀書單上會有的文章，整篇都是教科書般老套的遣詞用句。《福爾摩斯》的確幾乎可說是推理小說的開山鼻祖，也是個完美無缺的名偵探，可是聽到這種介紹，會產生興趣想讀讀看嗎？而且還是特地去看一本老舊的童書。

「我是覺得內容應該很正確，可是重點是要讓聽眾想看這本書才行，對吧？啊，對不起，我講得好像我很懂似的。」

「……不……不會。我覺得你說得沒錯，我或許的確是把解說與簡報弄混了……對不起。」

「沒有啦，不用道歉。還有，我覺得這種內容可能會跟副會長重複。她那個人感覺好像很頑固又認真，很可能也會用這種角度切入，對不對？」

「啊！的確有道理……我方是後攻，所以如果內容重複就糟糕了。可是……這樣的話，該怎麼寫才對呢……？前河同學看了這本書，有什麼感想？」

「咦？嗯，好吧，是很有趣沒錯，只是……」

「只是什麼呢？」

「總覺得跟我想像的不太一樣。」

我用不乾不脆的語氣補充道。文章風格跟我平常看的書不一樣，所以或許是我沒看懂，不過……該怎麼說呢？我忍不住覺得這個叫福爾摩斯的人，好像跟我想像的不一樣，不是那麼厲害的名偵探。

我本來以為他是什麼謎團都能瞬間看穿的強角，沒想到滿常跑現場的，還會跟壞人大打出手。這也就算了，最大的問題是他的內在。

他的性格為所欲為，推理偶爾會出錯，本身個性玩世不恭，愛在搭檔面前耍帥，而且只要搭檔華生一稱讚他，他就飛上天了。別說是完美無缺的名偵探了，簡直就是個難相處的傲嬌系女配角。

還有華生也沒好到哪去，他雖然經常規勸福爾摩斯的行為，但我覺得他太縱容這個搭檔了。他遇到什麼事都要稱讚福爾摩斯一番，而福爾摩斯聽了似乎也暗爽在心裡。跟我想像的完全不一樣。

「我本來以為會是沉著冷靜的英雄大顯身手的硬派推理，結果卻像是兩個大叔的戀愛喜劇。」

「戀愛喜劇？」

「咦，妳不懂的是這個？另一個稱呼就是『愛情喜劇』啦。故事裡會出現一堆各種類型的女生，描述錯綜複雜的人際關係這樣。我喜歡的作品有——不對，現在先不講這個！換句話說，因為跟我預料的故事內容不同，所以我整理不出感想，抱歉。」

「不會，不用道歉……況且我覺得無法一言以蔽之，也是名著的最好證明。」

「或許……也可以這麼說吧。可是，文現對戰比的是如何傳達作品的有趣之處，所以一定要講得簡潔明快，對吧？妳覺得《福爾摩斯》有趣在哪裡？」

「那當然是名偵探運用邏輯揭發真相，作為推理小說的鼻祖，在歷史上的價值——不對，這樣就跟我寫的一樣了。那我想想……呃呃……」

「嗯——要是能找到其他切入點就好了……」

我們討論到此中斷，煩悶的氣氛籠罩我們之間。我與卯城野同學的視線，仍固定對準了桌上的《名偵探福爾摩斯（1）》。我們就這樣煩惱了一會兒，無意間，我感覺到隔壁座位傳來一道視線。

我隱隱約約感覺到有人在看我們，於是偷偷瞥過去一看，只見坐在隔壁座位的一位小姐直勾勾地注視著我們的桌子——不，是桌上的書。

她留著一頭又直又長的黑髮，是位大約二十五歲的大姊姊。粗框眼鏡掛在纖細鼻梁上，手上拿著包了書套的文庫本。可能是雙腿不良於行，桌旁靠著鋁製的拐杖。

她那高雅成熟的五官端莊美麗，吸引了我的目光，但最引起我注意的是她雄偉的咪——胸部。由於她體型瘦長，又穿著連身裙搭配薄罩衫，服裝造型內斂簡約，因此清楚襯托出咪——胸部的份量。就在我忍不住屏息時，卯城野同學戳了我一下。

「你……你盯著人家看太久了……！這樣很沒禮貌喔。」

「對不起！真抱歉。」

我以為我觀察得不著痕跡，沒想到根本是盯著人家看。我連忙道歉，然而眼鏡巨乳大姊姊的視線仍緊盯著《名偵探福爾摩斯（1）》，也沒有反應。

柯南・道爾《名偵探福爾摩斯（1）血字的研究》（POPLAR社）

「請問——這本書怎麼了嗎?」

我好奇起來,稍微大聲一點問看看。大姊姊聽見了,猛一抬頭,顯得不知所措,怯怯地小聲說道:

「不……不好意思。那本書讓我很懷念,所以忍不住看到出神了……」

「您知道這本書嗎?」

卯城野同學問她。也是啦,愛書人當然會看過「福爾摩斯」了。我是這麼想的,而且我也猜對了,不過大姊姊的回答卻出乎我的預料:

「知道,我第一次接觸《福爾摩斯》是從岩波少年文庫開始,不過這家POPLAR社也編輯得很好。它也是走正統路線,從公認原作第一集的長篇《血字的研究》開始,另外又收錄了兩篇淺顯易懂的短篇,我認為這種結構最適合讓讀者初次接觸《福爾摩斯》。而且阿部知二先生的譯文流暢通順,雖然現在讀起來多少有點時代感,但就某種意義而言,這樣也別有韻味——」

大姊姊侃侃而談,口若懸河。她好像能永遠講下去,而且越說速度越快,聽得我目瞪口呆。

這位小姐談的不是「福爾摩斯」系列作品,而是針對這本《名偵探福爾摩斯(1)》,而且不管是對它的情感還是知識量都豐富得驚人,這人究竟是什麼來頭?

卯城野同學大概也跟我有相同感受，睜圓了眼動也不動。我本來以為卯城野同學說不定跟她認識，看來並非如此，那她到底是誰？

就在我們正一臉呆笨地面面相覷的期間，素未謀面的大姊姊穿插著相關知識與回憶，講了約莫五分鐘長的福爾摩斯論，「啊！」忽然回過神來。她似乎發現到自己面對初次遇見的高中生講得太熱中，白皙肌膚轉眼間變紅。

「抱……抱歉……我太喜歡這本書，一不小心就講到忘我了……」

「咦？不會不會，請別介意，我們聽得很開心啊。對不對，卯城野同學？」

「是……是呀！讓我們學到好多……！謝謝您。」

「不……不會，別這麼說，這種小事不用道謝……我從以前就是這樣……從以前別人就常常說我平常明明不愛講話，偏偏一談到書，話匣子就關不起來了。」

「啊！我……我也是這樣！」

卯城野同學熱情地回答羞赧的大姊姊，她們倆屬於同一類型的愛書人，有些方面似乎深有同感。卯城野同學連人帶椅子轉向大姊姊，點頭說：「我懂。」

「我……我也跟您一樣……不擅長跟人說話，只有關於書的話題能稍微聊得起來。」

「妳也是這樣……？」

大姊姊驚喜地雙手合十，卯城野同學再度點頭說：「是的。」兩人雖然個頭或體型都不同，氣質卻有些相近，將臉湊在一塊相視頷首的模樣，簡直就像一對相親相愛的姊妹，使我嘴角不禁上揚。

啊，不對，兄弟姊妹之間的個性其實會差滿多的，所以應該比較像是同個角色的進化前與進化後吧。不然就是動畫第一季與第二季之間時光流逝，同個角色的變化版？就像雖然第二季也很受歡迎，但部分蘿莉愛好人士會說第一季的人設比較棒那種的。我一面想著這些沒禮貌的事，一面怯怯地插嘴：

「不過，妳真的懂好多喔，妳是專業人士嗎？」

「……專業人士？」

「嗯，例如作家之類的。」

「差……差遠了，我哪有那麼厲害……」

被我這麼一問，大姊姊又再次染紅臉蛋，搖搖頭。可能是為了掩飾害羞，她甚至用纖細手臂緊緊抱住自己的身子，更凸顯了大小與形狀都很可觀的胸部，雖然令人大飽眼福，卻又不禁替她擔心。

這個人明明是個大美女，卻好像對他人的視線渾然不覺或是毫無防備，沒什麼防人之心。跟刻意賣弄不一樣，我真的覺得她就只是不知道別人在用什麼眼光看她。

身為男人的我都這麼想了，同性看在眼裡似乎更不安，卯城野同學明顯地一臉擔心。她那表情就像在猶豫著該不該說「我朋友被挑逗到了，所以請您還是別在外人面前強調胸部比較好」。對不起。然而大姊姊對我們的擔心絲毫不覺，輕咳一聲清清嗓子，然後補充說道：

「我是……經營舊書店的。」

「舊書店？就在這附近嗎？」

「是……是的……就在北鎌倉車站附近……所以，我對童書並不是很熟……因為小朋友看的書總是比較容易磨損，所以很少能做為二手書流通市面，我店裡也不常經手……」

「哦～原來如此。」

「的確是這樣呢……」

我與卯城野同學互相看看對方，正覺得言之有理時，我無意間產生了一個疑問：車站附近有這麼漂亮，胸部又豐滿的大姊姊工作的舊書店嗎？我只想得到一家舊書店，那裡有個一臉凶惡，活像黑道小弟的大哥哥看店。而且她溝通障礙這麼嚴重，能招呼客人嗎？這時，大姊姊挺身向前——從領口毫無遮掩地春光外洩的鎖骨與胸口，讓我幾乎拜倒在地——拿起桌上的《名偵探福爾摩斯（1）》。看來她對我們的來歷毫不關心，只對書有興趣。

「原來是高中圖書室的藏書呀，本來是屬於某個文庫的嗎？」

「咦，是……是這樣沒錯。那個文庫叫做『北鎌倉文庫』……可是，您是怎麼知道的呢？」

柯南・道爾《名偵探福爾摩斯（1）血字的研究》（POPLAR社）

「因為條碼標籤是圖書室的格式，整本書卻沒包上保護膜，對不對？如果從一開始就是採購供圖書室使用，應該會包膜保護書本才對，而且這本書是童書，我不認為高中會採購這種書；況且如果一直收藏在圖書館裡，書背應該會因燈光照射而褪色。這本書沒有褪色得太嚴重，是因為比較少開放閱讀，所以我推測應該是文庫藏書……我有說錯嗎？」

「沒……沒有……都說對了。」

卯城野同學目瞪口呆，回答大姊姊的問題。我也跟她一樣吃驚。真的，這人究竟是何方神聖？簡直就像小說裡的名偵探。

「女版福爾摩斯……」

「咦？」

「啊！沒有沒有沒什麼！只是不小心把心裡的話說出來了。」

「請……請問一下——！」

卯城野同學打斷了我打圓場的話，小小圖書社員用帶有尊敬之意的視線望著大姊姊，挺身向前說：

「既然您是書籍方面的專家，我有件事想請教您……！」

「咦？什……什麼事……？」

「這本書為什麼能不被時間淘汰，一直保持它的趣味性……不對，您覺得為什麼它能長年受到讀者喜愛呢？您覺得這本書有趣在哪裡？」

真摯但唐突的詢問靜靜響起，大姊姊眨了眨眼鏡下的眸子，不過聽我解釋事情經過，說明我們是在為如何做簡報介紹這本書而傷腦筋後，她的神情改變了。

大概是我們引起了她的興趣吧，大姊姊用手機跟某人聯絡，說：「大輔，我晚一點再回去。」——她有男朋友或丈夫了？這讓我感到有點落寞——然後將椅子拉到我們這桌來，開口說道：

「你們問我這本書有趣在哪裡，對吧……那麼，你們認為《福爾摩斯》系列屬於哪一種文類……？」

「那當然是推理嘍。」

「只有推理嗎？」

「……什麼意思？」

＊＊＊

「就這樣，完美無缺的名偵探，擁有傑出智慧的神探以演繹法推論出答案，這類型的推理小說正是始自這部作品——」

到了下星期一放學後，我們到了學生會會議室。楯石副會長站在講桌後面做簡報，我與卯城野同學肩並肩聽著她的聲音。副會長背後的黑板上，用可愛的字體寫著「文現對戰（測試版）舉行中　會令您想看的是哪一版？」，室內擺放的長桌旁坐著會長與擔任評審的同學，還有我們。

評審一共有七人，每個同學都是被會長軟硬兼施帶來的，有棒球社男生、排球社女生、管樂社、回家社、登山社等等，在座成員看起來毫無一致性可言。

其中很多人一臉就是希望能早點散場，場內人聲嘈雜，但副會長態度堅毅地繼續做她的簡報。跟我想的一樣，她無論是態度還是內在都很頑固又認真。應該說這份簡報內容……我正這樣想時，坐我旁邊的卯城野同學小聲對我說：

「跟我一開始寫的原稿內容很像呢。」

「就是啊，幸好後來有改。」

我一邊點頭一邊再次確認手上原稿，卯城野同學則把《名偵探福爾摩斯（1）》當護身符一樣緊緊抱住。

沒問題，行得通，我想應該沒問題。

為了盡可能緩解胃痛，我在內心重複著沒啥根據的鼓勵話。想著想著，副會長的介紹無懈可擊地結束了，輪到後攻的圖書社上臺。

在擔任司儀的會長出聲催促下，我們倆走上前去。我將原稿放在講桌上，跟站在我身旁的卯城野同學交換一個眼神，點點頭後，我行一鞠躬吸口氣，發出聲音：

「那麼，現在開始圖書社的簡報！」

宏亮的聲音響徹會議室，我發現無論是音量還是音質，都是跟平常的我完全不同的聲音——意外嘹亮的嗓音，吸引了評審做出反應。

「哦？」

「這才像話。」

副會長頗為意外地低喃，會長滿意地微笑。我抬頭挺胸，心想：「看吧。」

我想起會長拿來威脅我的朗讀影片，的確，播放數從零開始數起還比較快，評價也很糟糕。

但也有少數幾人留言表示：「先不論故事內容，聲音倒還不錯。」

所以我才能持續做下去，也因為持之以恆而練出了一點水準。至少我能夠把日常對話的蠢笨語調，切換成多少比較清晰的聲音！

至於講稿的內容，更是跟副會長那份——一板一眼、死板又老套的簡報內容完全不同。

我繼續朗讀幾乎已經整份背起來的原稿。

「首先我想告訴大家的是，這不只是一本推理小說。」

聽到我的聲音，站在我身旁的卯城野同學點點頭。我們的視線短短一瞬間產生交集，接著昨天在咖啡館裡的對話重回我們腦海。

「——那麼，你們認為《福爾摩斯》系列屬於哪一種文類……？」

「那當然是推理嘍。」

「只有推理嗎？」

「……什麼意思？可是福爾摩斯本來就是偵探，是專門推理的啊，所以……」

「啊！」

卯城野同學叫出聲來，她就像在說「原來是這個意思」並用力點頭，熱切地開始說道：

「我懂了……！是我一直都受限於刻板觀念，太過注意這個系列做為推理小說原點的部分了！」

「正……正是如此……就你們的解釋聽起來，我是這麼覺得的。不過，妳似乎已經察覺到了呢。」

「是！《福爾摩斯》系列不只是推理小說，而是囊括各種要素的娛樂文學，對吧……它是推理，是冒險小說，是恐怖小說，是科幻，以當代為題材，而最重要的是，它描寫了充滿魅力的角色——福爾摩斯與華生之間的夥伴情誼，是男性搭檔的作品！就像剛才前河同學跟我說的『戀愛喜劇』！沒錯，是因為它內含各種豐富的魅力，才能不被時間淘汰……！」

卯城野同學邊自問自答，邊熱切地講個不停。我坐在她旁邊，慢了一拍後也弄懂了。

原來如此，的確沒錯，福爾摩斯並非我想像的那種完美神探，那是不是表示我覺得很難看呢？其實也不會。我原本覺得這兩種感想互相衝突，說不出哪裡覺得不爽快，原來整理一下就會發現根本很單純。

「原來是這樣啊……因為福爾摩斯並不是完美無缺的英雄人物——不是無可挑剔的名偵探，所以才有趣對吧？推理能力是有但稱不上完美，也有他差勁的地方，而且還有個搭檔襯托出這些人格特質。」

「是的，知名作品總是不免伴隨著刻板印象，然而這些印象常常與實際內容有所差異。不過，我覺得體驗這種落差，也是享受名著樂趣的一種方式。福爾摩斯與華生的夥伴情誼，會隨著系列往後演進而逐漸加深，所以兩人的你來我往越看就越有趣喲。」

「噢，原來是這樣……！」

這就叫做豁然開朗吧，我大大點頭。「就是這樣。」大姊姊微笑著，又繼續說：

「還有，就這本書來說的話……讓我想想，古老的譯文本身就能夠烘托出一個不同世界的氛圍，對吧？兒童讀物會寫得比較精簡，因此正適合初次體驗這個系列的人……大概就是這些了。」

「原來如此！只要用這種方式去推薦就行了，對吧！太謝謝您了……！」

兩人互相影響而越變越興奮，同時卯城野同學與大姊姊的臉也越湊越近。兩位愛書人的熱情對話愈聊愈起勁，我錯失了插嘴的機會。

好吧，我是沒差啦，反正美女與美少女將臉湊在一塊開懷暢談的模樣很養眼，我才沒有感到寂寞呢。我在鬧彆扭時，兩人仍繼續聊他們的話題。

「我懂了，重點就在切入點與傳達的方式，對吧……」

「是的，無論是什麼樣的書都會有多種魅力，只要換個角度去看，這些魅力就會浮現眼前。不過，傳達一本書的魅力時，最好的方法是——」

「——古色古香的譯文能為作品凸顯出維多利亞時代的異世界魅力，而且文章精簡的兒童讀物，是最適合讓讀者試閱的作品。」

不管是什麼樣的書都有其魅力。結果我們忘了問那位大姊姊的名字，我一面回想起她給我們的啟示，一面逐字朗讀卯城野同學撰寫的原稿。看著看著，我發現自己的背脊顫抖了一下。

我本來以為是因為緊張，但很快就發現並非如此。自己發出的聲音，能夠讓眼前的聽眾現場聆聽，這項事實令我感到興奮。這有點像上傳朗讀影片時的心情，只是聽眾喧鬧的濃密度截然不同，使我嘴角差點露出笑意。

這是什麼樣的感覺啊，這是何種心跳加速與過癮的加成效果？有生以來第一次——不，不對，是自從在圖書館朗讀繪本以來，就不曾感受到的——讓人聆聽自己現場發出的聲音給了我快感，我繼續唸下去：

「這本書不愧是不朽名著，角色魅力即使到了現在仍能引起共鳴。以福爾摩斯為代表，登場人物的情感描寫得廣泛又豐富。副會長剛才說福爾摩斯是個完美無缺的名偵探，其實這個男性角色有時很情緒化，還會展現出孩子氣的一面。」

我看到副會長的眉毛動了一下，臉上表情在說：「來這招啊。」我心想：就是來這招，我們早猜到妳的簡報內容了。

「而搭檔華生對於這樣的福爾摩斯，是既尊敬又無奈地在一旁陪伴著他。福爾摩斯與他的一來一往，襯托出這位名偵探的魅力，系列作品越是往後推進，兩人的你來我往就會越有意思。」

我逐字唸出聽取大姊姊的建議寫成的原稿，一切順利。

只不過，雖然副會長散發出一種被我們擺了一道的氛圍，但評審的整體氣氛還沒倒向我們，頂多就只是覺得「原來還有這種觀點啊～」。原稿很快就要唸完了，所幸還剩一點時間可以發揮。只要現在能再給予關鍵一擊，一定能夠……！

就在我無意間產生這種念頭時，有人遞給我一本攤開的書，看樣子卯城野同學似乎想到了什麼點子。書上還貼了簡單的便條——不，是現場寫成的原稿。這是……我先是驚訝，隨即理解了她的用意，出聲說道：

「我舉個例子表現福爾摩斯這個角色的風趣之處，這本書當中有個場面是這樣的……」

『福爾摩斯終於從椅子上起身，一邊在室內情緒煩躁地走來走去，一邊大喊著：「絕不可能僅僅是出於巧合。在錐伯遇害一案中，我認定會有某種毒藥，現在這種毒藥確實在史坦傑遜的屍體旁發現了，但這種藥物竟然沒有毒性，這究竟是怎麼一回事！」』

我頓時換成另一種聲音——影片中朗讀臺詞時用的聲音——聲如洪鐘地高聲唸道。霎時間，室內的喧鬧聲完全靜止。「朗讀？」副會長低喃道。沒錯，講到朗讀故事，我比簡報熟練多了！

我用朗誦冷靜自若但有時情緒化的勁敵角色臺詞時的聲音，用自己最滿意的聲音，更加響亮地唸出來：

『我所做的一系列推理，全是錯誤的嗎！』

「——這段是……呃呃，是描寫福爾摩斯推理出錯時的樣子。正因為展現了充滿人性的一面，才能呈現出角色的魅力；除此之外，他還有可愛的地方，被稱讚時會開心，最後又能像個英雄般漂亮表現。他做為一個典型名偵探的開山鼻祖，能夠運用智慧揪出真凶，使人措手不及。」

『「車夫，幫我扣好這個皮帶扣。」這個男人緊繃著臉，不大願意地走向前去，伸出雙手正要幫忙。說時遲那時快，只聽到金屬聲喀嚓一聲，福爾摩斯突然起身。他兩眼炯炯有神地說道：「各位，容我介紹傑弗遜・侯普先生，他就是殺死錐伯和史坦傑遜的凶手！」』

「——諸如這種戲劇性而出人意表的情節，以及推論出真相的一系列推理，更重要的是使這一切成立，感情豐富的登場人物。這每一種要素，拿到現代仍然能夠引人入勝。雖然這的確是本舊書，但舊書有它能流傳下來的力量。我的報告就到此結束——呃……務必請大家一讀！」

舊書有它的力量。我臨場引用卯城野同學對我說過的話為簡報做結，行了個禮。

我低著頭等待聽眾的反應，隔了一瞬間後，臺下傳來零零散散的掌聲，這是副會長做簡報時沒有的反應。「謝謝大家。」我補上一句，然後回到座位，與卯城野同學同時相視而笑。

我感覺到自己已經全力以赴，這樣就算輸了也沒有遺憾，不過我覺得應該不會輸……事實上，也的確如我所料。

表決結果為五對二，圖書社獲勝！評審獲准離開後，會議室裡只剩下學生會二人組與我們，副會長感慨良深地苦笑。

柯南・道爾《名偵探福爾摩斯（1）血字的研究》（POPLAR社）

「明明跟你們介紹同一本書，聽了圖書社的報告，我竟然覺得有道理，好像挺有趣的。你們報告得很好。」

「不……不會，您過獎了……那麼，圖書社與舊圖書室可以留下來了，對吧？」

「當然了，卯城野。不過，後攻對先攻的簡報內容提出反駁，多少有點不公平喔。而且比賽只要介紹這一本書，你們卻提到整個系列，我覺得多少也有點奸詐。」

「的……的確沒錯……對不起！」

「不過還在容許範圍內就是了。不過，前河，你好歹也是在介紹推理小說，卻把凶手的名字大聲說了出來，只有這點我覺得不太好喔。我要是還沒看過，一定會揍你。」

「咦，我把凶手的名字說出來了？」

「……說出來了。」

我大吃一驚，卯城野同學凶巴巴地瞪我一眼。她看我的眼神就像在說：「我可沒叫你唸到那麼後面喔。」會長看著這樣的我苦笑。

「這方面還有待改善呢，容我再稍微修改一下文現對戰的規則。不能讓小口學妹加入學生會雖然很遺憾，不過今天的比賽相當有參考價值，謝謝各位。」

＊＊＊

「是，謝謝您……！」

事情完美落幕後，在舊圖書室裡，響起卯城野同學喜不自勝的聲音。她不是在跟我說話，而是用電話在跟那位大姊姊說話。她似乎在咖啡館跟大姊姊說好，會把文現對戰的結果告知她。

附帶一提，我沒拿到那位大姊姊的聯絡方式。我問過卯城野同學，結果她凶了我一頓，說：「我身為負責管理圖書室的人，不能未經本人允許洩漏個人情資。」這個話題到此結束，所以我到現在連那位大姊姊的名字都不知道。

至少讓我知道一下她在哪家書店工作吧？我一面這樣想，一面望著坐在櫃檯打電話，身上穿著圍裙的卯城野同學，這件圍裙大概類似圖書社的制服吧。由於室內很安靜，電話另一頭的大姊姊的說話聲，我都能隱約聽見一點。

「真的很恭喜你們。」

「謝謝您……這都要感謝您給我們的建議。您說過傳達一本書的魅力時，到頭來最好的方法，或許就是直接唸給對方聽，對吧……？我覺得這真是個好辦法，所以臨時請前河同學這樣做了。」

「也就是說你們是互相支援，以雙人組的力量贏了這場比賽呢，就像華生與福爾摩斯一樣。」

聽到大姊姊說出這句話，卯城野同學「咦」了一聲，微微蹙眉。她那表情是在說：是不是有點不太對？我也同意。

我明白大姊姊是想藉著主題講句幽默話，也覺得這樣很可愛，但是福爾摩斯與華生的組合終究是以才能出眾的福爾摩斯為主，跟互相幫忙勉強過關的我們會不會差太多了？卯城野同學一臉尷尬地斟酌著該怎麼回答，但沒過多久，就聽到電話另一頭傳來壓低的聲音，小小聲地說：

「……對……對不起，剛才那句話，呃……請當作沒聽見。」

大姊姊發出了一絲丟臉到想死的聲音。請不要自己說出口又害臊好嗎？這時，大姊姊輕輕「啊」了一聲：「有客人來賣書了，我要掛電話嘍。那麼，下次再聊。」她說完，就掛了電話。聽著話筒傳來的嘟嘟聲，我與卯城野同學面面相覷。

「她真的是開舊書店的耶。」

「好像是呢……」

卯城野同學如此說著，放下電話，抬起臉來轉向我，大大地低頭道謝。

「前河同學也是，謝謝你。多虧有你，才能守住這個地方。」

「咦？沒有啦，要這樣說的話，我才該道謝……！我那些影片之所以沒被公開，都得感謝卯城野同學。還有最後的救援也是，是因為妳那時候指示我朗讀內文才能贏的。」

「所以都得感謝大姊姊呢，還……還有……因為我早就知道如果是前河同學的話，一定能做出精彩的朗讀。」

「不客氣……咦，是因為我有在分享影片嗎？妳看過了？」

我一陣毛骨悚然，臉色鐵青地問道。然而卯城野同學一副傻眼的表情搖搖頭，神情沮喪地問我：

「你真的不記得了……？我們還小時，在市立圖書館會定期舉辦說故事活動……聽完人家唸故事後，你總是會大聲唸出喜歡的繪本給我聽……我可是因為那樣，才會知道故事的——看書的樂趣，你卻……」

「嗯？妳說的這件事——」

「你……你還是忘了吧。」

「我沒忘！我記得，我還記得！因為我會喜歡上發出聲音朗讀故事，就是因為那段回憶！咦，這也就是說，那時候那個女生就是卯城野同學——不，不對！妳那時候叫作——對了，妳是小小！對吧！」

「是……是的，前河同——響響。」

卯城野同學回望震驚的我，紅著臉小聲喃喃著說。經她一說我才發現，她似乎還保有一

柯南・道爾《名偵探福爾摩斯（1）血字的研究》（POPLAR社）

點當時的神貌。

「原來是這樣啊……！啊，那麼，妳明明會怯場又怕生，卻能對我解釋得那麼多，難道是因為……？」

「因……因為我早就知道我們從小就認識了……要不然我絕對沒辦法……！我們在這裡摔倒，臉靠得很近時，我立刻就想起來了，你卻完全不記得我，我好難為情，所以才一直說不出口喲……？」

「對不起，小小。」

「不……不會……不過，這樣很難為情，所以可以不要叫我小小嗎，響響……？」

「那麼我想想——就叫『小口同學』好了。還有，我也覺得叫響響很難為情，所以順便請妳叫我『響平同學』之類的就好。」

「啊！好的，我明白了。」

卯城野同學……不對，小口同學展露微笑，讓人害羞但輕鬆自在的氣氛逐漸填滿舊圖書室。「呼……」小口同學聳聳肩苦笑了。

「當時我還在擔心會怎麼樣呢，不過現在事情結束了，回想起來或許還滿好玩的……響平同學覺得呢？」

「我好像也跟小口同學一樣。」

「就是呀，上臺發表的響平同學，看起來好開心。」

「咦，我有嗎？」

「你不開心嗎……？」

「這個嘛……不，妳沒說錯。我覺得很好玩，也很興奮。這次讓我重新體認到，我真的很喜歡讓別人聽我朗讀。妳在一旁看出來了？」

「是的，你看起來好高興。不過，既然是這樣，筆記本或是分享影片的事也大可以公開呀……？」

「不可能。」

這人怎能若無其事的講出這麼嚇人的話啊。的確，現場發表或是朗讀都很過癮，這我承認，而且我覺得光是能夠承認這點，就已經算有點進步了。雖然是這麼覺得，但是敢不敢把分享自創中二小說的事光明正大地公諸於世，又完全是另一回事了。

「沒有啦，這我真的辦不到。」

我一再搖頭，小口同學愣愣地偏了偏頭。隱性宅特有的纖細內心，不太容易得到他人理解。我無奈地嘆氣，重新轉向小口同學。

「——我說啊，小口同學。」

「咦，什……什麼事……？怎麼了嗎？」

可能是我的緊張傳達給小口同學了，她全身緊繃地看著我。我深吸一口氣，然後點個頭以催促自己。

我終究不過是正在體驗入社的社員，既然已經守住了這裡，以後恐怕不再有機會兩人獨處，親密交談了。既然如此，這個問題只能趁現在問清楚。

「小口同學，初次見面時，妳在看我的筆記本對吧？看得很專注。」

「是……是的，怎麼了嗎……？」

「妳有什麼感想？希望妳可以誠實告訴我。」

「這──那個，我幾乎沒看過輕小說，所以不太清楚，不過……硬要說的話……我覺得詞彙有點少。」

「……什麼？」

「我只能強烈感受到作者想表現得帥氣，但最重要的表達能力有點單調，稍嫌幼稚……而且刪節號與破折號異樣地多，讀起來很不通順，再加上登場人物的講話方式只有三種，所以遇到五對五的混戰場面時，我完全無法理解狀況。而且有很多描述看不出來是譬喻還是事實，同一種譬喻使用的次數也似乎太多了，好像就只會這一種說法。還有，作品裡的主角受到所有女性愛慕，似乎是設定成一個帥氣的角色，但是跟響平同學同名，看了實在為你感到害羞，每次想起來都覺得好難過……」

「麻……麻煩暫停一下！怎麼好像跟我想的不太一樣！妳看得那麼專心，原來是因為這樣……？」

「是的。啊！難……難道說你誤會成……」

「沒有，我沒誤會！我才沒有！我可沒有以為妳欣賞我的小說喔！」

「對……對不起……！真的很抱歉！可……可是，你不用擔心喔？我覺得你有勇氣把那個公開唸給大家聽，真的很偉大……」

「呃不，這完全沒安慰到我。」

「哎呀，兩位看起來好開心喔。」

「才不開心咧！咦，會長！」

我反射性地回嘴後，注視著出現在那裡的女生。不知道是什麼時候跑進來的，學生會長高雅地微笑佇立。小口同學抱著戒心問她：「有什麼事嗎？」會長笑容可掬地點點頭。

「當然是來通知兩位下一場文現對戰的事。」

「「……下一場？」」

意想不到的消息使我與小口同學面面相覷，大感困惑。舊圖書室不是已經守住了嗎？我本來想這樣反駁，然而會長搶在我之前開口：

「兩位該不會是以為只比一次就結束了吧？想要這個房間的社團或研究會不勝枚舉，無論是電或空調都一應俱全，而且能以學生會的權限決定用途的大房間，除了這裡之外還有哪裡？以往都是副會長說『學生會要用』而抑止了其他學生的要求，如今她輸了，一群虎視眈眈的同學已經提出了一大疊使用申請。我已經告訴他們只要參加文現對戰並獲勝，就能得到這個房間。」

「呃不，就這樣跟我們說已經跟人家講好了，我們會很困擾……」

「我當然還沒放棄拉攏小口同學喲？還有，文現對戰的形式尚在摸索當中，因此這次我想請雙方各自介紹不同的書。」

口若懸河地講完這些後，學生會長再度面露笑容看著我們。聽到這意想不到的消息，我們只能無言地你看我，我看你。

「撤回前言」四個字開始在我心裡閃閃發亮。

剛才我以為這是最後一次與小口同學單獨講話。

沒想到，我們的戰爭看來才剛剛開始。

第二話

中島敦《李陵・弟子・高人傳》（角川文庫）

「早啊！你就是前河響平同學吧！」

下學期期中考結束的隔天早上，一個不認識的女生忽然在校門口叫住我。那天算起來，就是我與偶然相識的文學少女——卯城野小口同學為了一起捍衛舊圖書室，被迫挑戰介紹書本魅力的「文現對戰」比賽之後，一星期後的早晨。

更具體來說是這樣的：我們被迫參與文現對戰的測試活動，好不容易取勝後，會長竟出現在我們面前告訴我們：「由於考期將近，下一場比賽的日期要等考試結束後才會通知兩位。考試結束的隔天放學後，請兩位在這間舊圖書室等候通知。那麼，祝兩位順心。」然後過了一星期，就是今天了。

也就是說今天放學後就要安排下一場比賽，一旦落敗，小口同學珍愛的舊圖書室就得關閉，她必須加入學生會，而我正在持續發展的黑歷史也會公諸於世，所以我絲毫感覺不到考試結束後特有的自由暢快感。事情就是這樣，我一邊懶洋洋地唉聲嘆氣一邊推著腳踏車，正要走進校門時，這個女生突如其來地現身，扯開嗓門叫住了我。

「早啊！你就是前河響平同學吧！」

初次遇見的神祕女同學，聲音響遍了一大早的校門前，正要上學的學生嚇了一大跳，紛紛與她保持距離；我也很想比照辦理，然而人家指名道姓地叫住我，我不好意思開溜。不得已，我繼續握著腳踏車的握把呆站原地，重新端詳這個女生。

看起來意志堅定的大眼睛戴著細框眼鏡，髮型是清爽宜人的中長髮。從制服緞帶的顏色來看，她是大我一屆的二年級學姊，個頭跟我差不多高，身材很好，斜揹著一只小皮包。

身上打扮來說，制服領口拉鬆再加上捲起袖子，而且叉著雙腿抬頭挺胸，威風凜凜的站姿給人一種神采奕奕的印象，可是這位學姊到底是哪位？我正感到困惑時，神祕的高年級生在我面前更加地抬頭挺胸，叫了第三遍：

「早啊！你就是前河響平同學吧！」

「妳要說幾遍啊。」

「誰叫你不回話，我以為你沒聽見啊。你就是前河響平同學，沒錯吧？」

「是啊，我是，學姊找我要呀啊！」

我講到一半突然中斷了，因為神祕的二年級女生冷不防把手臂繞過我的脖子，一把將我摟到胸前。女孩子特有的柔軟觸感隔著制服傳來，我聲音卡在喉嚨裡，身體也跟著發熱變紅。那個女生悄悄將嘴湊到我的耳邊，用流露出興奮感的細小聲音告訴我：

「——洗好脖子準備受死吧。」

「噫！」

她對著我的耳朵吹一口氣，嚇得我尖聲怪叫。大概是覺得我的反應很有趣吧，神祕二年級學姊滿意地笑起來，向後墊步拉開距離，然後轉身背對我。

「那麼有緣再會吧！別了！」

神祕二年級學姊伴隨著裝腔作勢的一句話，一邊揮手一邊離去。看樣子她把要辦的事辦完了，但剛才到底是什麼狀況？我丈二金剛摸不著頭腦，正呆站原地時，「喂。」有人從我後面叫我。

回頭一看，一個體格削瘦，神情看起來很神經質的男生與我四目交接。他是跟我同班的方倉，正如外表給人的印象，這個死腦筋又一板一眼的優等生，狐疑地偏了偏頭。

「前河，你認識真中學姊？」

「真中學姊？你說剛才那個怪人？是說方倉，你認識她喔？」

「因為我跟她上同一間補習班。說到真中學姊，她自入學以來，成績永遠是全年級第一，數理方面更是了得，在全國模擬考都是前段班，是個傑出人才。姑且不論她那種有點打破常理的言行，在頭腦方面，她是我的榜樣。」

方倉眼神飄向遠方說著，看來那位學姊在優等生之間是個名人，但那位高材生找我到底有什麼事？我更加困惑了，這時方倉用納悶的目光看我。

「她那麼優秀的人，找前河你會有什麼事？找上不管外在還是內在都沒什麼特別，又沒有什麼出眾之處的前河能做什麼……」

「你給我的評價有點太狠了吧。」

「我說的是實話啊。不過她究竟——該不會是向你表白了吧！」

「少來了少來了，最好是。她只是叫我洗好脖子準備受死。」

「什麼意思？」

方倉聽了我的回答，本來就有皺眉紋的眉頭皺得更緊了。我才想問好嗎？

＊＊＊

所幸後來一整天什麼事都沒發生就放學了，於是我前往舊圖書室。

這裡基本上跟正式圖書室一樣，放學後好像都會關閉，但因為這裡的藏書老舊，而且大多數學生根本不知道這裡有間圖書室——事實上，我也是前幾天才知道的——所以絕不會有人造訪。我悄悄走進這間偏僻又陰森的建物，只見從蕾絲窗簾射進來的陽光之中，長頭髮的嬌小少女正站在書架前看書。

即使穿著圖書社用圍裙，仍能看出她那纖柔的身體輪廓，還有尖挺的小鼻子與長睫毛。一雙大眼睛緊盯手裡的茶色文庫本，完全沒注意到我。

她就是僅此一人的圖書社正式成員，卯城野小口。附帶一提，我雖然也算社員，但入社還不到一個月，因此只算暫時入社。

小口同學手裡的書本封面嚴重褪色，連書名都看不清楚，但那種古色古香的色調，卻很適合小口同學以及這片景象。因此我入神地看了一會兒後才出聲叫她：

「卯城野——不對，小口同學～」

我發出還算大的聲音，順便還揮揮手試著叫她，但她沒回答。看來還是老樣子，她又發動了特殊體質，一開始看書就聽不見旁人的聲音了。

我很想讓她繼續看書，但學生會長很快就會帶下次對戰的對手過來，我得讓她準備好聽人家說話，否則總是不太好，而且小口同學這人放著不管就會看書看個不停。既然如此，就怪不得我了，嗯。

因此我把書包放在借書櫃檯上，乾咳一聲後靠近小口同學——都貼這麼近了竟然還沒注意到，實在很厲害——稍微考慮一下後，戳了她的肩膀。

「小口同……」

「啊！呀啊啊啊啊啊啊啊啊啊！」

媚惑人心的嬌喘響徹整間舊圖書室，小口同學的白皙肌膚染得通紅，纖巧的肢體大幅顫動。

好煽情！我腦中反射性浮現這個字眼，忍不住與她拉開距離。

我早就知道小口同學有這種體質，以為已經有心理準備了，想不到一星期沒見，仍然如此令人感激……不對，是如此驚人。我拚命安撫興奮跳動的心臟時，小口同學總算注意到我來了，把書按在胸前，邊調整呼吸邊看我。

「是……是響平同學啊……好……好久……好久不……好久不見了。」

「不會不會，謝謝招待。」

「謝謝招待？」

「沒什麼！真的，好久不見了。妳今天格外地，那個……驚人呢。」

講太詳細會變成性騷擾，所以哪裡驚人就不說了。但即使如此，小口同學似乎完全明白了我這句話的意思，她依然抱著書，紅著臉目光低垂。

「因為……我等了一個星期。」

「一個星期？妳是說來舊圖書室？還是看書？」

「兩……兩者都是……我早就決定好一考完試就要馬上來看這本書……！我忍耐了足足一星期，所以一翻開書，轉眼間就陷入書中世界，無法自拔了……」

「原……原來如此。」

我笨拙地回話。雖然知道是在講書的話題，但小口同學的表情或是態度傳達出來的性誘惑力太驚人了。我反射性地回想起她剛才的高聲喘息，忍不住倒抽一大口氣，然後怯怯地開口說：

「不然這樣好了，妳再看一次……」

「不……不用了……響平同學，你是不是在尋我開心？」

「不不，豈敢。」

我被她看穿心中邪念，辯解了老半天後，我們到閱覽桌旁坐下等人來，這個房間就只有這張桌子。學生會長還沒來，我眼睛朝向小口同學抱著的書問她：

「對了，妳剛才在看什麼書？」

「你說這本嗎？是中島敦。」

喏。小口同學把書背拿給我看，上面以模糊的文字寫著「李陵・弟子・高人傳」。作者的名字就如小口同學所說，叫作中島敦。我接過書來翻閱一下，發現不只封面，裡面書頁也都變成了紅褐色。我很好奇這是什麼年代的書，一看版權頁，上面寫說初版是昭和四十三年，這版則是昭和五十三年，相當有歷史了。

「門檻好像很高耶……不過，中島敦這名字我好像有聽過……」

「咦，你是認真的嗎……〈山月記〉不是在這次現代國語的考試範圍內嗎？」

「噢，對耶！就是他啊！沒有啦～一考完我就忘了。」

我一面講些沒出息的藉口，同時自己都對自己傻眼。忘得也太快了吧，不過〈山月記〉我倒是還沒忘。記得故事是說有個叫李徵的詩人，只有自尊心特別強，後來變成一隻老虎的內容。

那篇文章風格沉著堅定，十分帥氣，而且我本身在網路一隅偷偷創作，很能體會李徵的窩囊性情，以課文來說算是比較喜歡的一篇，但沒喜歡到特地去找其他作品來看。因此我把老舊的文庫本還給小口同學，結果她遺憾至極的視線好像在說「你不看嗎？」刺進了我的內心。對不起。

「是說小口同學，妳不是都專挑兒童文學看嗎？」

「沒有到專挑的地步啦，雖然一般文學的確是不常看……」

「為什麼？」

「咦？因……因為一般讀者取向的作品，不是會忽然出現暴力情節嚇人一跳，或是穿插一些下流的場面嗎……！」

「……這應該是偏見吧……」

「這……這是我根據實際體驗做出的結論！我知道不能怪那本書不好，但我就是很怕看到那種的……上次也是，有人介紹說是主角變成狗的故事，我以為是奇幻類，看了一下，沒

中島敦《李陵・弟子・高人傳》（角川文庫）

想到突……突然……」

小口同學說不出話來，羞紅了臉，看來她是想起了一不小心看到的那本書。喜愛兒童文學的純潔少女猛搖頭，想把記憶趕出腦海，然後看著手上的文庫本繼續說：

「但中島敦的作品很容易閱讀，也沒有色情暴力的場面……只可惜留下的作品太少，我好希望他能更長壽，寫出更多不同的作品。」

「也就是說，這個作家很早就過世了？」

「是的，而且創作時期也很短……」

「有多短？」

「只有短短幾個月。中島曾經當過教師與南洋廳教科書編輯等等，在一九四二年，三十三歲時陸續發表〈山月記〉等作品踏入文壇。其文才立刻受到讚賞，甚至入圍芥川獎，然而後來因長年罹患的氣喘病情惡化，就在這年的十二月過世了。」

「就在踏入文壇的同一年？所以他以作家身分活躍的時期，連一年也不到嘍？」

「是啊……據說他的早逝令許多人為之扼腕。去世之後雖然發掘了一些遺稿並出版，但我真想再看到更多作品……」

小口同學珍愛地望著與書衣同樣變成紅褐色的目次，感慨萬千地說著。喜歡上一位作家，本人卻已經辭世，而且留下的作品很少，會感到寂寞是當然的。我先是同情，然後反應慢半拍地嚇了一跳。

「咦，所以妳全部都看完了？」

「是……是呀，上學期就看完了……一拿到國語課本的當天就全部看完，發現有興趣的作家就立刻去找其他作品來看，不是最基本的嗎？」

小口同學回望著驚愕的我，愕愕地偏著頭。她這小動作雖然很可愛，但我還是第一次聽說有這種基本，難道對書迷來說是常識嗎？我正在納悶時，小口同學的包包裡傳來手機的振動聲，好像是收到了簡訊或郵件。小口同學拿出手機，高興地脫口說：「啊，雙葉學姊。」

「雙葉學姊是誰啊？」

「是我中學認識的學姊，上了高中之後，她仍然對我很好。現在也是，她問我『考得怎麼樣』。她很愛看書，而且不像我挑東挑西……不但如此，她還很會念書喲。」

小口同學一邊回簡訊，一邊驕傲地說。聽到她充滿親密與尊敬的話語，「哦～」我一邊附和，一邊擅自妄想「雙葉學姊」的外貌。

她跟小口同學很親近，又是個書迷，那麼一定是位文靜又有智慧的美女了，希望如此。搞不好就像上次文現對戰初戰，我們正在煩惱如何做簡報時，為我們提供建議的那位舊書店大姊姊一樣！我心蕩神馳地想起那位胸部豐滿、博學多聞、容易害羞、胸部豐滿、戴眼鏡長頭髮而且胸部豐滿的美女顧問，滿心期待地問道：

中島敦《李陵・弟子・高人傳》（角川文庫）

「這位雙葉學姊是什麼樣的人？」

「這個嘛，她是——」

「就！是！這樣的人啦啊啊啊啊啊啊啊——！」

毫無前兆且突如其來地，舊圖書室的拉門打開來，一句威風凜凜的宣言響徹室內。

突然傳來第三者的聲音使我轉頭一看，只見那裡站著個戴眼鏡、中長髮、雙臂抱胸的二年級女生。她嘴角掛著膽大包天的笑意，衣領拉鬆，袖子捲起，掛著小皮包，叉腿站著。這個人不就是今天早上的真中學……正想到一半時，小口同學大聲說：

「雙……雙葉學姊？」

「欸？她是二年級的真中學姊吧？」

「咦？響平同學，你認識雙葉學姊嗎？」

「呃，算是今天早上認識她的，或者該說她只是單方面對我下了戰帖。」

「下戰帖……？」

「我也搞不太懂……呃～也就是說，今天早上在校門遇到的真中學姊，就是小口同學認識的雙葉學姊……？」

我們一頭霧水，只能面面相覷。那個不速之客滿意地望著我們的反應，頗有感觸地點頭，然後再度大聲說道：

「沒錯，正是如此，你們兩個少年少女！成績優秀言行聳動，熱愛骰子，迷人又大膽的眼鏡娘，真中雙葉就是我！呀呵~小口，妳還是老樣子，困惑的表情實在很適合妳呢。」

「謝……謝謝稱讚……」

「嗯，我沒在稱讚妳啦。還有那邊那個前河響平同學也是，謝謝你喲，沒把我忘掉。」

「怎麼可能忘得掉啊。好了，我完全搞不懂現在是什麼狀況，今天早上學姊講的那句話到底是……？」

「事前布局啦，事前布局。回想一下，小說裡不是常常有一種情節，在不同場面出現的角色以為是不同人，結果其實是同一個人！你們懂嗎？」

「呃，嗯……」

「好吧，我可以理解。」

「哦，我們挺聊得來的嘛，我早就想在現實生活中試試看那種橋段了。」

真中學姊輕快地走向我們，頗有感慨地點頭說著。換言之，這個人好像就只為了這個目的，在一大早的校門口堵我。真中學姊對傻眼的我回以驕傲的笑臉，然後再次轉向小口同學繼續說：

「當然，我會傳簡訊給小口，也是為了讓她提到我的話題。話題正講到一名人物時，本人忽然現身，是不是很有戲劇性？如何，小口？」

「我……我是嚇了一跳沒錯……」

「那麼真中學姊，妳來這裡是為了……」

「這還用得著說嗎？」

又有另一個人的聲音岔進來。從真中學姊拉開沒關的入口，出現一位氣質高貴脫俗的輕柔飄逸系美少女，也就是學生會長旭山扉。先不論其本性，這位只有容貌與嗓音高雅出眾的千金小姐，與真中學姊講了幾句。「雙葉同學，玩夠了嗎？」、「夠了」接著轉向我與小口同學微笑。

「那麼，容我重新介紹。這位是代表TRPG同好會的真中雙葉同學，她是第一位挑戰者，將與圖書社的兩位以舊圖書室為賭注，比一場文現對戰。」

後來，我們聽了真中學姊與會長的解釋。她們說由真中學姊擔任代表的「TRPG同好會」是個到處借用放學後空教室活動的弱小社團，從以前就在向學生會索取社辦，也早就盯上了舊圖書室。

心地善良的小口同學得知要跟中學以來交情深厚的學姊較勁，受到了打擊，但真中學姊擺明了在享受這個狀況，這人真過分。真中學姊大致解釋完整件事，看看桌旁的會長，又看看坐在她這邊的我們，聳聳肩繼續說：

「有任何疑問嗎?前河同學請說。」

「呃……什麼是TRPG?」

「這也不懂?小口總該知道——不,看妳的表情,妳也不知道吧。」

「對……對不起……」

「好吧,沒關係。TRPG是Tabletop Role Playing Game的縮寫,現在講到RPG很容易想像成電子遊戲,但TRPG是不插電遊戲,推進劇情靠的是GM,也就是Game Master的主持,以及骰子與對話。它益智、環保又富社交性,是擁有數十年歷史的傳統娛樂。同時它也是輕小說的起源之一,遊戲紀錄有時還能集結成冊,你們在書店有沒有看過一種書叫做『戰報』?」

「戰報……?抱歉,我沒看過。」

「我有看過,但沒拿起來讀過。」

我在書店的輕小說區偶爾會看到這個名詞,我以為是系列名稱,看來不是。真中學姊看了我們的反應,聳肩說了聲「真遺憾」,但看起來沒她說的遺憾。

「簡單來說,就是在虛構世界飾演喜歡的自創角色,用想像力玩角色扮演。性別或屬性都能自由設定,所以像我這樣的正妹也能變成強壯的宇宙海盜、強壯的矮人或強壯的軍人。」

「為什麼那麼堅持要強壯？」

「扮演自己當不了的人很開心啊。當然，創角也可以貼近本人喔？拿熟人當範本也是個辦法，比方說前河同學，你身邊那個嬌弱的文學少女如果變成精靈、女僕或緊身衣女特務，你不覺得很令人心跳加速嗎？」

「這——的確……！」

「ＴＲＰＧ同好會隨時等你加入喲。」

「務必找個機會讓我多了解一點！」

「響平同學！」

「我想知道更詳細的……我錯了，對不起！」

面紅耳赤的小口同學一喝，使我猛地回過神來。

好險好險，差點就被學姊的巧舌如簧騙到了，但是我必須在文現對戰贏過她，否則羞恥的祕密會被公開，更何況我絕不能背叛小口同學。「真的很對不起。」我一再道歉，小口同學沒好氣地看著我，真中學姊則是笑得邪門，好像覺得很好玩。會長環視我們幾個，然後拿出一張Ａ４大小的紙放在桌上。會長一邊將這張寫著「文現對戰規定（改訂）」的資料拿給我們看，一邊開口：

「我參考上次試辦的比賽，試著更動了一下規則。只要各位接受，我想以這份內容舉辦

Chu

次回比賽，各位覺得呢？」

在她笑吟吟的語氣催促下，我們的視線一同落在規則草案上。

文現對戰是放學後舉行的公開活動，聽眾也就是評審可自由參加，不過發表者的社團朋友等相關人士無法參與評定。兩隊各有五分鐘的發表時間，聽眾舉手表決較能引起閱讀興趣的一方，得到較多人贊同的一方獲勝。先攻後攻於當天以猜拳決定。只要是為了加深對書的理解，對戰者可於對手簡報結束後提問。介紹的書籍在上臺時公布，事前可以隱瞞。書籍必須從學校舊圖書室的藏書中做選擇……

「嗯嗯，原來如此，的確跟上次有滿大的差別。」

「我試著加強對戰要素，如此應該能讓觀眾享受到更多樂趣。有任何意見請儘管提出，真中同學，妳覺得呢？」

「嗯——這跟大型書店之類會舉辦的『Biblio Battle』不太一樣，對吧？」

「常有人這麼問，事實上是不一樣的。Biblio Battle在所有人發表過後，必須進行討論以加深對書籍的理解，而且無論是發表者還是聽眾，所有參加者都有一票。相較之下，在我們的文現對戰當中，對戰者徹頭徹尾就只是純粹的對戰者，恰似古羅馬的劍鬥士。」

「也就是說我們只是表演者了？雖然我早就覺得這種惡劣品味很像是妳的作風……是說妳幹麼特地設計成原創競技啊？」

「我想要一份實際成績，證明我曾經以自己設計的企畫刺激閱讀風氣。我認為具有原創性的企畫，在推薦入學時比較有力。」

會長談起了之前已經提過的自私動機，真中學姊露骨地一臉傻眼。「看來妳同意了。」會長甜甜一笑，然後看向我們。

「圖書社的兩位覺得呢？」

「呃——」

被會長這麼一問，我與身旁的小口同學面面相覷。我是覺得大概就這樣了，不曉得小口同學有什麼看法。

「怎麼樣？感覺還可以嗎？」

「是的，可以……反正要做的事跟上次是差不多的……響平同學，可以再麻煩你做簡報嗎？」

「咦？嗯，那是當然了，我本來就是這麼打算……不過我想麻煩妳選書，還有撰寫原稿。」

「好的，這些就交給我吧。舊圖書室有哪些書，我大致上都清楚。」

「好厲害喔，妳全都看過了？」

「沒……沒有看那麼多啦……況且有些書我不知道該怎麼看……」

中島敦《李陵・弟子・高人傳》（角川文庫）

「有的書不知道怎麼看？」

「是呀，本來以為是奇幻小說，結果不是小說，好像是某種說明書——」

「你們兩個年輕人，要放閃晚點再說，現在我們在談比賽規則好嗎？所以說，我有一項提議。」

真中學姊打斷了小口同學的話，舉起一隻手。什麼提議？我看向真中學姊，只見她手指戳了戳規則草案關於選書的部分，在眼鏡底下皺起眉頭。

「選書的規定太鬆散了，書籍不限主題，這樣不會太自由了嗎？比方說，對手如果選出食譜或非虛構作品等等毫不相關的書，那要怎麼比？在這種情況下，聽眾很可能會投給自己本來就有興趣的領域，這樣勝敗就不是取決於選書品味或簡報技巧了，對吧？」

「關於這點，我也考慮過了。為了公平決定勝敗，還是得以同一類型，或是相近的領域來較勁，戰況也比較精彩。同時為了與Biblio Battle做出區別，我也認為可以先決定主題文類。」

會長點頭贊同真中學姊的提議。原來如此，先決定文類嗎？小口同學與我同時開口：

「兩位說的文類，就像童話、奇幻或歷史之類的……？」

「妳們說的文類，就是異能戰鬥、校園戀愛喜劇或後宮之類的吧？」

我們脫口說出明顯表現出雙方嗜好的極端例子。真中學姊一聽到，欣喜地咧嘴一笑，挺身向前靠近我。咦，妳想幹麼？

「你果然是我們這一邊的人！哎呀～從你剛才說在書店看過戰報時，我就有這種感覺了～」

「欸？什……什麼叫做你們那邊……」

「就是御宅族啦，講到文類舉例時，頭一個就說出異能戰鬥或戀愛喜劇的人，怎麼可能不是阿宅？你都看哪一類的？」

「咦，沒……沒有啦，我不是那種的……我沒在看，知道的也不多。」

我反射性地出言否定，只顧著裝傻，甚至來不及發現自己在打馬虎眼。

真中學姊大概沒想到我會做此反應，愣愣地睜圓了眼，但可能是覺得追問也沒用，就坐回座位上說：「先不說這個……」她從隨身包裡掏出像是三角形組成的奇妙小方塊。它大約有兩公分大，每一面都刻有數字。突然看到這個神祕小方塊，小口同學偏了偏頭。

「雙葉學姊，這是……？」

「就如妳所看到的，是二十面骰子。一般骰子只有六面，但這個有一到二十面。我覺得我們可以隨意寫出二十個文類，然後用這顆骰子決定題目。每個人都有喜歡或不擅長的文類，所以如果用討論的方式決定，搞不好心裡會留下疙瘩，對吧？但如果是擲骰子，就沒什麼好埋怨的了。」

中島敦《李陵・弟子・高人傳》（角川文庫）

「原來如此，的確很公平呢。」

「謝謝妳的理解，小口。不過嘛，無論是什麼題目，我都不會輸的。」

「這……這是我們要說的！」

「哦？」

「對我而言，這間舊圖書室是最寶貴的場所……！就算對手是雙葉學姊，我也一定會守住的……」

「哦哦，口氣不小嘛，個性懦弱的妳居然變這麼勇敢。不過嘛……」

真中學姊回望著拚命回嘴的小口同學，面露微笑。對舊圖書室虎視眈眈的TRPG同好會會長，在手中滾動把玩著二十面骰子，緩緩聳肩繼續說：

「我也很想要一個能光明正大玩桌遊的場地，想要得不得了。雖然要擊垮可愛的學妹讓我心痛，但我已經厭倦了到處找空教室。再說，妳還記得吧？」

「……記……記得什麼？」

「不像妳幾乎只看兒童文學，我這人毫無原則，無書不看，而且也很擅長在眾人面前高談闊論。不管最後決定比哪個文類，我都有自信能介紹一本夠炫的書，掌握聽眾的心。」

「這……可……可是！我比起以前，現在看的類別也增加了！而且，沒錯！我還有響平同學……！」

面對真中學姊的挑釁，小口同學盡其所能嗆回去，真中學姊聽了又再次笑起來。我什麼話都說不出來，看著兩人直視對方的爭論看得出神。

個性懦弱的小口同學與從容不迫的真中學姊。兩人態度正好形成對比，但光明正大地說出自己的興趣，並為了捍衛興趣而奮鬥的姿態是相通的。完全不像我，總是忍不住隱瞞自己的興趣。就在我再次痛切體會到兩人的堅強與自己的窩囊時，會長疑惑地看向我。

「你眼光飄遠在看什麼？」

「會長？啊，沒有，我只是……」

「不要緊的，我懂。你是在想：真希望能夾在兩個不同類型的美少女之間，對吧？」

「咦，是……是這樣的嗎，響平同學？」

「嗚哇～好噁。」

「不是不是不是！我又沒露出那種表情！」

「用不著隱瞞呀，想從心理與物理兩個層面夾在類型正好相反的女生之間，是很自然的事，像我永遠都有這種願望。」

會長臉上泛起紅暈，陶醉地擦口水。不愧是想硬拉小口同學進學生會疼愛一番的人，但我覺得這麼直截了當說出自己的癖好不太可取，小口同學跟真中學姊都僵住了。

好吧，總之稍微離題之後，比賽題目在嚴正的擲骰子之下，決定為「異能戰鬥」。會長順便告訴我們比賽時間為後天放學後，這天就此解散。

＊＊＊

「請問……什麼是『異能戰鬥』？」

與真中學姊見過面並決定好主題後，回家的路上，小口同學忽然這樣問我。

「咦，現在才問這個？」

我忍不住轉頭往身旁一看，只見雙手提著包包的小口同學雙頰羞赧地染紅，補了一句：

「找不到機會問……」原來如此，畢竟她膽子小。

附帶一提，小口同學是徒步，我則是推著腳踏車。小口同學的家在北鎌倉車站附近坡道上的住宅區，我家則是要再往北走，在一個叫大船的廉價住宅區，所以上次的週末作戰會議才會選在兩人住處的中間地點……有點偏小口同學家的站前咖啡館進行，不過這事現在先擱一邊。還有，我現在處於與女生單獨放學回家的場面，心裡怦怦亂跳，但這也先擱一邊。我一面注意不要被她發現我在害羞，「呃——」一面斟酌著字眼開口說：

「異能就是特異功能的簡稱，我猜啦。在故事世界當中，人們有著『能夠把某種事物怎麼樣』的神奇能力……」

「然後用這種能力戰鬥嗎？」

「嗯，因為是用異能戰鬥，所以叫做『異能戰鬥』。大多數的作品裡，每個角色都有不同的力量，有趣之處就在於機謀策略，也就是要在什麼樣的場面使用哪種力量……」

我以為我很熟悉這個文類，沒想到要解釋給不懂的人聽還滿難的。還有，把自己喜歡的東西介紹給小口同學聽，也讓我很難為情。就在我講得結結巴巴時，小口同學偏了偏頭。

「請問……你為什麼要害羞呢？這是你喜歡的類別，對吧？」

「咦？算……算是啦……可是，講到這種事本來就會害羞吧？」

「……我不懂，我之前就很好奇，響平同學為什麼要隱瞞自己的興趣呢？」

「那是因為——可是如果要說的話，小口同學不也是一樣嗎？」

「因……因為我喜歡的是兒童文學，是給小朋友看的……都上高中了還在看這類書，很難為情啊……！可是，響平同學所喜歡的輕小說或動畫，本來就是給我們這個年紀的人看的作品吧？你為什麼不能光明正大一點呢？」

小口同學有些困惑地皺起眉頭，看樣子她是真的不懂。還有，臉貼得好近。

鎌倉是個老街，坡道又多，整體來說道路都很窄，換言之就是人行道很狹窄，而且又有很多觀光客散步，跟另一個人一起走在路上，難免會靠得很近。我既難為情，又因為不敢承認自己的興趣而感到窩囊透頂，無言以對，只能別開目光。

我會變成這樣的原因——中學時代的記憶，自然而然重回腦海。

我當時就讀的學校有所謂的「早晨讀書」制度。這是學校安排的時段，告訴學生可以帶喜歡的書來學校，在上課前的十五分鐘自習時間看書，或者應該說是硬性規定。

當時我在班上有個御宅族的朋友，他很會畫畫，個性文靜內向，喜歡的類別是以蘿莉系女主角為主，暴露度高的後宮戀愛喜劇。哎，不是什麼稀奇的類型啦。即使在古都鎌倉，御宅族還是有一定人數在的。

然後事情發生了：就在某天的早晨讀書時間，這傢伙把自己最愛的那種書帶來，連書套都沒包就看了起來，結果被一副體育社團性情、嗓門大又愛開玩笑的傢伙發現，嚷嚷著什麼噁爛啊好色的。那時老師正好不在，因此班上大多數同學都被捲入這場騷動，越鬧越大。

以我來說，我當然很想幫他說話。畢竟我們是朋友，而且我覺得看輕小說沒什麼不對，又覺得那傢伙看的那本並不只有情色——但我說不出口。

當時我在追的不是情色喜劇，而是一部現在蔚為話題的某異能戰鬥系列，但那時我帶在身上的，不巧是插畫大多比較清涼的一集。也就是所謂的幸運色狼橋段比平常多了些，不小心撞見客串女主角更衣的場面，扉頁插畫與內文插畫兩邊一起來，對讀者而言是養眼的一集，但時機太差了。

被那些人拿出來嘲笑的小說跟我這本完全屬於不同文類，但對於非阿宅族群來說根本差不了多少。一旦被發現，想也知道連我都會被消遣一番，成為大家的笑柄。要是連帶著把我分享自創小說的事都揪出來，那可是慘不忍睹。因此我急忙藏起我最喜歡的那本小說，甚至還跟別人一起取笑他說：「不要看那種的啦～」

這場稱不上騷動的小事件，隨著讀書時間結束迅速落幕。後來我去向他道歉，那傢伙苦笑著原諒了我，但我們之間確實留下了芥蒂，之後再也無法像以前那樣繼續當朋友。

從那時候開始，我就更加──不必要地──隱瞞自己的興趣。

之所以會這樣，大概是害怕像那時的他一樣被大家聯合起來消遣，再加上當時沒出手幫他的內疚，但整件事實在太窩囊了，我不願意告訴小口同學。「因為一些原因啦。」我用這句話硬是結束話題，回到原本的討論。

「別說這些了，現在重要的是異能戰鬥啦，我們得選一本文現對戰用的書才行。」

「是……是呀，你說得對……！簡而言之，就是身懷各種能力的一群人打鬥的故事，這我懂了，可是……嗯──……有這種小說嗎……」

「妳好像想不到符合的小說……？」

「我覺得舊圖書室好像沒有太多這種小說，真要說起來，我不是很懂『異能』這個概念……跟魔法不一樣對吧？」

中島敦《李陵・弟子・高人傳》（角川文庫）

「也有一些故事用的是魔法或魔術，我覺得不用想得太死板。而且那種故事裡，有時還會出現不是人類的角色。」

「不是人類……？」

「嗯，像是人造人、神明或妖怪之類的。」

「神明或妖怪用神奇力量戰鬥的故事……？我懂了！就像《西遊記》那樣吧！」

小口同學一副總算恍然大悟的模樣點點頭，欣喜的笑容雖然很可愛，但她的理解好像有點問題。

「《西遊記》就是那個對吧？主角是孫悟空的……」

「是的，故事描述自岩石誕生的猿猴孫悟空，與豬八戒還有沙悟淨一起護持唐三藏前往天竺，屬於長篇章回小說。故事中會用神奇力量與妖怪打鬥，我覺得正符合異能戰鬥類。」

「被妳這麼一說，好像也能算是異能戰鬥，可是……不會有點幼稚嗎？」

「原著可是寫給成年人看的長篇小說喲？在改寫成童書時有很多情節被刪掉，但原著可是很長的。」

「妳看過？」

「是呀，因為舊圖書室裡有。它比我想像中還要有份量……沒想到在唐三藏收到三個徒弟之前，還有那麼長的一段故事。」

可能是回想起整本看完時的成就感，小口同學感慨萬千地說道。「哦～」我隨聲附和。如果是兒童向的《西遊記》，我小學時也看過。

「我記得從孫悟空出生到大鬧天宮，然後被壓在山下的劇情還滿長的。」

「那段很有名，不過後來到唐三藏踏上旅程之前的故事也很長喲。」

「這我倒是不知道……啊，太厚的書可能不太好喔。我們得讓聽眾聽了覺得想看，太厚的話人家可能會敬而遠之。」

「的……的確是呢……那麼，莫里斯．圖翁的《綠拇指男孩》如何？描述一個男孩可以讓手指碰到的東西綻放花朵，於是運用這種能力讓軍武開花，阻止戰爭。內容很抒情，封面又漂亮……」

「……這樣是異能沒錯，可是好像沒戰鬥耶？」

「對喔！那我想想，有戰鬥場面的小說的話，例如戰爭文學……《布拉卡姆的轟炸機》之類的呢？故事以第二次世界大戰時的英國為舞臺，從一名分發到轟炸隊飛往德國的年輕通信兵的視角描寫戰爭，是一本經典名著。裡面有個角色叫湯森機長，很成熟很帥喔。」

「雖然有點感興趣，可是好像沒異能？」

「啊嗚……」

小口同學被我點醒，灰心沉默地縮成一小團。她表情千變萬化的樣子很可愛，我很想再多看一會兒，但現在不適合這樣胡思亂想。要是我能舉出一些候補就好了，但我不知道舊圖書室有哪些書，也不怎麼熟悉古早年代的小說。對不起，我都幫不上忙。我意氣消沉，身旁的小口同學也垂頭喪氣。

「我不常看以戰爭為主的故事……只是一直戰鬥的故事，實在引不太起我的興趣……」

「異能戰鬥也沒有一直打個不停啊？會穿插日常生活情節，應該說我也很喜歡日常情節。」

「是這樣呀？」

「嗯，看喜歡的小說或是系列時，我會產生很多想像，例如某個角色平常都在做什麼，或是某個角色對另外一個角色有著什麼樣的感情。」

「啊，我懂……！看到喜歡的作品或是角色，會自然而然讓人想像故事裡沒有寫到的部分，對不對？」

「對啊對啊，所以如果有故事專門發展這方面的情節，我會超高興的，出了的話會忍不住買來看。光是收集本傳就已經沒錢了，但又想買外傳。」

「咦！還會推出外傳嗎？」

小口同學好像感到很意外，睜圓了眼睛。也難怪啦，以她喜歡的古典名作來說，想必不會像輕小說或漫畫那樣，常常推出一些衍生作品、外傳或選集什麼的。

「這種書是原作者寫的嗎……？」

「有時候常常是別人寫的，那樣也滿有趣的，可以看到角色不為人知的一面。」

「聽起來好好玩喔，真好……」

「很有趣啊，換個視角就會有不同樂趣。比方說會發現主角即使在原作當中對自己沒信心，看在配角眼裡卻超帥超可靠；還有在原作中不起眼的角色，看在毫無特殊能力的一般人眼裡卻簡直超強，類似這些情節也都很有趣……其實，我很喜歡異能戰鬥小說中出現的無能力角色。我想可能是因為我自己也沒啥可取之處，不過那種角色偶爾努力有所作為時，真的──咦，妳……妳怎麼了？」

我解釋到一半中斷，不禁發出困惑的聲音，因為我發現小口同學正目不轉睛地注視著我。我該不會講了些什麼奇怪的話吧？這時，小口同學好像覺得很不可思議，又帶著些許微笑偏偏頭說：

「我們現在正在為文現對戰進行作戰會議，對吧？後天就要比賽，而且如果輸了，我們都會很傷腦筋，不是嗎？可是響平同學，你看起來好開心喔。」

「會……會嗎？沒有吧……好吧，或許有一點，嗯。」

我三兩下就撤回前言，被她一說我才發現，我現在的確樂在其中。

當然，跟可愛又跟我很好的女生兩個人走在一起，這個情況也是原因之一，但最主要的原因是——

「大概是因為……可以聊喜歡的書吧。以前我從來沒認識過半個可以聊這些……不過真要說的話，小口同學也是啊。」

「咦？我……我也是……？」

「嗯，妳在舉出想到的小說時，看起來超開心的。」

「我……有嗎？我自己沒有感覺……」

「真的有啦，表情變來變去，很可愛。」

「可——！」

聽到我不小心說溜嘴的真心話，小口同學羞紅了臉，啞口無言。糟糕，我太多嘴了，但現在後悔為時已晚，一陣羞恥湧上心頭。後來我們變得不敢看對方的眼睛，紅著臉沉默地走了一會兒，就這麼來到了十字路口，要各走各的了。

從這裡轉彎跨過鐵路，上坡後就是小口同學的家。我們在看得見平交道的十字路口佇足，不約而同地嘆了口氣。

「結果還是沒結論……怎麼辦？」

「這個嘛……我一個人想不到好主意，打算打電話找篠川姊商量看看。」

「篠川姊？誰啊？」

「就是篠川栞子姊啊，上次文現對戰時，照顧過我們的那位古書店大姊姊……」

「喔喔！就是那個咪——長得漂亮又很懂書籍的人嘛，原來是叫這個名字啊。」

我急忙把下流用詞吞回去，然而腦中已經回想起那美麗的容貌與雄偉的胸部。小口同學用有點遺憾的眼神看了我一眼，然後就揮揮手說再見，離開了。

目送她的背影離去後，我騎上腳踏車。騎過站前街道時，腦海中想起的，當然是那位剛知道名字的古書店大姊姊，也就是篠川栞子姊。

記得之前聽說，那位怕羞又缺乏防備的眼鏡美女把店開在北鎌倉車站附近。我想既然有店面，應該就在站前的街上，換句話說就在這附近；然而沿著北鎌倉車站異樣漫長的月臺延伸出去的道路左右兩側，並沒有類似的店家。好吧，雖然眼前就有一家擺出「文現里亞古書堂」招牌的古書店，可是……

「應該不會是這裡吧……」

我納悶地自言自語，這家店我有探頭看過，但店員是個體格強壯而且一臉凶惡的青年，跟篠川姊一點也不像。

我心想：難道是兩個人一起工作？於是停下腳踏車往店裡看看，然而待在店內深處櫃檯後面的，果然還是那個粗壯的大哥哥。我從店外望著他跟像是客人的光頭中年男子長談，內心嘀咕：我還是覺得不是這裡。

＊＊＊

「我打算發表這一本。」

隔天，眼看明天就是文現對戰了，我們來到放學後的舊圖書室。小口同學將一本變成了紅褐色的文庫本遞給我，我看著封面上繪有剪影般筆觸的古代中國式風景——換言之，就是中島敦的《李陵．弟子．高人傳》，老實說很困惑。

「……為什麼異能戰鬥會選到中島敦？是篠川姊建議的嗎？」

「當……當然這也是原因之一，不過……挑這本書的是我。昨天聽響平同學說了那些，我想了一下。如果是這本的話很符合本次主題，而且我也喜歡這本書，覺得響平同學介紹起來也比較容易……」

「打擾了——！TRPG同好會的真中雙葉來嘍！I'm coming！」

一陣高亢又唐突的呼喊，蓋過了小口同學不安與自信參半發出的聲音。真中學姊跟昨天一樣態度招搖地把門拉開入室，「嗨嗨～」一邊直爽地揮手一邊往我們這邊走來。本來正要翻開書本的小口同學懷疑地問道：

「雙葉學姊？您今天有什麼事嗎？」

「還能有什麼事，當然是先來看場地嘍，看場地。這個房間再過不久就要成為我們的地盤了，想先仔細看看很合理吧？而且說不定會有一些我想留下來的資料，所以說小口，可以帶我參觀參觀嗎？妳不帶我參觀，我就旁若無人地把這裡弄得亂七八糟。」

「咦？我……我帶，我帶就是了……！這些書都是整理好的，請不要弄亂！啊，響平同學，可以請你先把那本書看完嗎？我得阻止雙葉學姊才行……她的習慣不好，書看完都不整理的……！」

「啊，好的！可……可是這本書是短篇集耶，要看哪一篇……」

「我有挾書籤，就從那裡開始看兩篇……啊——！雙葉學姊不可以！請不要看到什麼書就一本一本拿出來……！」

小口同學匆促解釋完，就去追趕雙葉學姊。我想過是不是該去幫忙，但小口同學似乎很熟悉如何應付雙葉學姊，況且我現在得把這個看完。

於是我在閱覽桌的椅子上坐下，翻開挾著雅致書籤的頁面。雖然有很多不熟悉的漢字，不過有標上假名，大致上都看得懂。

沒過多久我就看完了她指定的兩個短篇，感到恍然大悟。

這的確是異能戰鬥，而且是我喜歡的那種故事。

＊＊＊

「各位，歡迎參加文現對戰！文現對戰是由兩隊互相介紹校內館藏圖書，藉此提振閱讀風氣的競技活動。兩隊各有五分鐘的時間，由我擔任計時員。規則非常單純，能讓較多聽眾覺得『好像很有趣』、『想讀讀看』的一方即為贏家。」

然後又到了第二天，也就是文現對戰正式比賽當天。在搬開長桌的學生會會議室，迴盪著擔任司儀的學生會長響亮的聲音。正面設置了講桌，觀眾兼評審的椅子擺放位置正好能注視講桌。離講桌最近的一排座位，坐著今天的參賽者，也就是我們圖書社與真中學姊，跟觀眾一同側耳傾聽規則講解。

我本來懷疑會有觀眾主動參加嗎？想不到聚集了不少人，像是受到新鮮事吸引的閒人或愛書人，還有些阿宅想必是聽到簡報比賽主題限制為異能戰鬥而產生興趣，再來有一些人看起來似乎是學生會長的粉絲。

聽眾的男女比例或是年級也都很分散，除去聚集於後方的ＴＲＰＧ同好會四名成員，評審總共有二十二人。面對比上次更多的聽眾，容易怯場的小口同學已經緊張到不行。我雖然也感受到壓力，所幸沒有班上朋友或同學到場，心情滿輕鬆的。

介紹書籍用的原稿，基本上我已經背起來了。底稿是小口同學想的，不過這次也採用了不少我的意見，因此比上次更好背。問題是真中學姊會出什麼奇招……想著想著，學生會長結束了發言，將我們叫上前去。準備上場了。

猜拳決定先攻後攻的結果，由我們先攻。「啊——」我們在講桌前面面相覷，取得後攻機會的真中學姊邊回座位，邊對我們微笑。

「前河同學，看你一副想拿後攻的表情呢。」

「那是當然……因為絕對是後攻留下的印象比較深刻啊。真中學姊本來就夠強勢了，等到投票時，搞不好聽眾已經把我們忘了。」

「事情已經決定，就別再抱怨東抱怨西，快快開始吧。你們要介紹哪本書？」

「咦？啊，是！呃——就是這本！大家在一年級國語課本都看過，想必很熟悉——視課本版本不同，好像也可能在二年級上到——總之，就是大家都知道的中島敦的作品《李陵．弟子．高人傳》！」

在真中學姊的催促之下，我把手中的文庫本放到講桌的閱讀架上。學生會長即刻開始計時，同時，觀眾席一片困惑。

咦——題目明明是異能戰鬥，卻介紹課本會出現的作者？我感受得到這種氣氛。我明白你們的心情，不過別急，且聽我講到最後。

中島敦《李陵．弟子．高人傳》（角川文庫）

我在心中喃喃自語後，與站在我左後方的小口同學交換一個眼神，然後將手撐在講桌上。我短促吸一口氣，切換成「朗誦給他人聽的聲音」——分享自創小說偷偷鍛鍊起來，還算引以為傲的聲音——開口：

「『異能戰鬥』這個文類正如其名，是描寫身懷特異功能或神奇技術的角色之間展開的戰事。由於內容以戰鬥為主，擁有強大能力或體能、精神的角色難免比較顯眼，但並不是所有人都是強者。有的角色能力不起眼，或是個性上不適合戰鬥，卻是不可或缺的配角。而站在像我這種平凡讀者的角度來看，這種不起眼的小角色反而更容易產生移情作用，或是引起我們的關注。大家有沒有過一種經驗，就是乍看之下毫無亮眼之處的配角有時大顯身手，會讓你覺得很高興？」

我放慢語調說著好讓大家聽得清楚，同時環顧聽眾，結果與眾多評審四目交接。不知道是引發了共鳴，或只是不懂我要說什麼而感到困惑，總之我引起了他們的興趣與注意。

「所以，我要介紹這一本。大家看過課本裡的〈山月記〉，想必都聽過中島敦的名字，而我這次想介紹的，是這本全集中的兩個短篇：〈悟淨出世〉與〈悟淨歎異〉。這兩篇最後附有副標題為〈我的西遊記〉，《西遊記》大家想必也都聽過吧？」

我環視觀眾詢問後，大家回以帶有「當然聽過，所以呢？」意味的點頭。很好。

「我還是簡單介紹一下，《西遊記》是中國的古典名著，描述孫悟空、豬八戒與沙悟淨這不知該稱為三位還是三隻的妖怪，一路護持唐三藏西行。而這兩篇就是中島敦以《西遊記》的世界觀與設定為基礎所創作的外傳——簡而言之就是二次創作。主角是沙悟淨。比起身為原著主角，無論角色特質還是武功神力都最為強勁搶眼的孫悟空，或是好色又好吃，角色特質鮮明的豬八戒，沙悟淨既不起眼，又沒什麼角色特質。〈悟淨出世〉故事描述沙悟淨在遇見唐三藏之前，不明白自己這個平凡、悲觀又不顯眼的妖怪算是何種存在，又該過什麼樣的人生；〈悟淨歎異〉則是由悟淨介紹唐三藏小隊隊友的短篇。《西遊記》就如同大家所知，是斬妖除魔的故事，在它的世界觀當中，異能戰鬥是家常便飯。在這樣的世界裡，平凡的小人物平常生活中都在想些什麼，而對於最強的主角人物，不起眼的同伴又在想些什麼？這兩篇連續作品就在描述這個……」

我一邊慢慢加快敘述的步調，一邊繼續進行簡報。聽眾比我想像中更有興趣，不如說反應根本就很好。可能是連小孩子都聽過的古典奇幻，被課本裡教過的文豪拿來當二次創作的題材，讓他們覺得很新奇吧。

「在〈出世〉當中，長期尋找自我，四處拜師的悟淨，在河底擴展的世界裡邂逅了各種妖魔鬼怪。有的傢伙舌粲蓮花，長相卻醜到不行；有個母親嘴上說要敦親睦鄰，一邊卻在吃自己的小孩；還有個美少年長得太俊美，竟然溶化在水裡消失……故事中無論想法、外貌還是能力都有著天差地別的角色輪番登場，我想讀者最少也能找到一個有所共鳴或喜歡的角色……」

從聽眾的反應來看，有的人似乎知道這兩篇故事，至少會長一副就是知道內容的表情，不過大多數評審都很感興趣，聽得入神。上次對戰中我也體驗過這種快感，我發現這種現場讓人聽我說話的暢快感受，使我的背脊一陣酥麻。

「——說到二次創作或衍生作品中具有各種趣味，我想其中之一，是能夠從中得知主角級的熟悉角色，看在旁人眼裡是什麼樣的存在。〈悟淨歎異〉的後半正是如此……不如說這篇短篇只有這個內容。文章以悲觀到了極點的第一人稱，接連不斷地敘述孫悟空有多強多帥，多麼精神抖擻；豬八戒有多享受人生；唐三藏有多弱小，角色定位活像女主角。無論哪一段都很有趣，特別是包含對悟空憧憬的感言長篇大論又充滿熱情，比如說……」

講到這裡我暫停一下，翻開手邊的書。同時，我再度切換聲調。我從喉嚨深處發出最近很久沒碰的自創小說朗讀分享用，而且是朗誦喜歡的臺詞時用的聲音。

『同時，看看與強敵爭戰時的他啊！多麼令人激賞，多麼完美無缺的姿態！全身上下毫無半點破綻的遒健緊繃。富律動感且毫無一分多餘動作的棒術。不知疲勞為何物的肉體歡欣鼓舞，哮吼、冒汗、躍動，那壓倒性的力與美。樂於迎向任何困境的強韌精神力淌溢而出。那比起明燦的太陽，比起盛開的向日葵，比起嘒嘒鳴叫的蟬兒更加投入，是赤裸裸的，壯盛的，無我的，灼熱的美。這正是那隻**出乖弄醜**的猢猻爭戰的模樣。』

我聲音嘹亮地唸出這個短篇當中最打動我的部分，土氣角色對自由無敵、威風凜凜的最強主角表達的憧憬。

心情太過投入導致身體差點跟著動起來，我努力壓抑住，唸完最後一句，說：「成篇故事都是這種獨白，所以喜歡配角的心理描寫，或是探討角色內心類型的二次創作的人，請務必讀讀看這兩篇故事。」然後一鞠躬，就聽見零零落落的掌聲。「辛苦了。」會長說。

「謝謝這位同學在限制時間之內帶來的精彩介紹，那麼挑戰者真中同學，有任何問題嗎？」

「對耶，還有問答單元。我沒問題……才怪！我問一下，你最後不是朗讀了一段場面嗎？」

「是啊。」

「回答得好沒力喔……我問你，你覺得講這段話的沙悟淨是什麼心情？」

真中學姊帶著彷彿別有深意的表情問我。呃，這我剛才不是提過了嗎？有吧？我轉頭看向小口同學，介紹文的撰稿者點個頭，怯怯地開口了。由於她認識對方，因此雖然人在臺上，但好像還勉強敢開口說話。

「就如同剛才說的，是對強悍同伴的憧憬……」

「嗯，一般來想應該是這樣。謝謝妳教科書式的解說，但我不是在問小口，是問前河同學。你實際讀過之後，覺得他是怎麼想的？」

真中學姊隔著眼鏡的視線定睛注視我，「咦？」我一時語塞，想了想後說道：

「應該是認命……再來就是落寞吧。」

「哦，認命與落寞，是吧？我問你，箇中含意是？」

「呃──在沙悟淨的眼中，悟空又帥氣又大出風頭，是個強悍的存在，對吧？所以，悟淨雖然希望自己也能變成那樣，但他可能覺得『反正我就是辦不到』之類的……我是這麼覺得。我感覺他可能從未試著努力變成那樣，或是認為『反正悟空跟自己是不同世界的人』然後就認命了。而這種想法又讓他覺得自己很沒出息，所以感到落寞……類似這樣？」

我邊想邊支支吾吾地回答，雖然回答得有夠不乾不脆，但我實際上就是這麼想的，沒辦法。聽完我這番如果在寫現代國語考卷，一定已經超過限制字數的答案，不知道為什麼，小口同學彷彿心頭一驚，睜圓了眼。同時真中學姊也點頭說：「了解。」

「謝謝，剛才聽你唸的文章與情緒似乎有所矛盾，所以問一下看看，你這樣講我就懂了。」

「那麼還有其他問題嗎？」

「沒有了。所以輪到我了，對吧？好啦，圖書社回座位吧，回座位！」

「好……好的！」

真中學姊一邊把我們趕走，一邊走上講桌。她從皮包裡取出紅色封面的文庫本，堂而皇之地將它高高舉起，愉快地開口道：

「好，接下來輪到我的回合！推薦給各位的是這本，從藏書老舊的本校圖書室找到的大師名著——講到這我得說一句，圖書社太奸詐了啦！一般碰到這種主題，都會以為要拿正統戰鬥類作品較量啊！結果你們先攻介紹的居然是衍生作品，哪有這種的啦！」

「咦？妳……妳說我們奸詐，可是……」

「真要說起來，是妳說要後攻的啊。」

「少囉嗦！好吧算了，總之我要介紹的是這本，山田風太郎的《甲賀忍法帖》！山田風太郎出生於一九二二年，受到江戶川亂步賞識，於二十四歲踏入文壇後，在二〇〇一年過世之前留下了大量作品，是娛樂小說界的大師級人物。其文筆的特徵就是親近落敗、受人凌虐的一方，但仍保有合理公正的視角與敘述口吻，最令人驚嘆的是他的想像力！換言之就在於他的驚人創意！」

真中學姊一句話擋掉小口同學與我的反駁，滔滔不絕地說。雖然這個作家與這本書我都沒聽過，但真中學姊的表情與聲音高興得不得了，感覺得出她由衷喜愛這位作家與這本作品。

「山田的文風極其廣泛，明治小說乾淨俐落，戰時日記也獲得了高度評價，而以我們御宅族來說，召喚戰鬥的先驅《魔界轉生》也不可錯過，不過這次要介紹的作品，可說是山田風格的代表作！就是在六十年代掀起一陣風潮的《忍法帖》系列值得記念的第一作，堪稱國內異能戰鬥類原點的大傑作。」

真中學姊越講越起勁，像說書人那樣拍打桌子，敘述語調不停加速。即使如此，聽起來仍然清晰可辨，或許是因為玩TRPG講話講習慣了。

「時值江戶時代，德川幕府的黎明期！為了決定幕府的後繼人選，伊賀與甲賀忍者開始了腥風血雨的代理戰爭！這下哪方將會勝出！故事就是這麼單純明快，荒唐無稽，可謂正統中的正統娛樂之作。雙方各自選拔出七人，全都是不相上下的異能之士！繩術或風刃當然不會少，還有變形、軟體、操縱動物，使毒吐槍加上不死之身，甚至還有人能易容成他人！也許你們會覺得：拜託，這算哪門子的忍者啊？我看是變種人或超能力者吧？但這本作品就是這樣。啊，不過每種能力基本上都有科學解釋喲？這群擁有特異功能的傢伙殺個你死我活，怎麼可能不好看嘛。而且異能戰鬥不可或缺的能力破解術或洗腦專家也沒少，不只如此，兩方人馬的首領——甲賀弦之介與伊賀阿幻竟然愛好和平，甚至兩情相悅！還有還有——」

煽動情緒般的獨特口吻妙語如珠，不曾中斷。她講話節奏極快，又容易理解，跟我講話給觀眾聽的方式完全不同。看得出來剛才我做簡報時，反應平平的那些人——應該是純粹喜歡戰鬥類型的族群——聽得心無旁騖，更重要的是，不得不說連我都產生了興趣。這什麼

啊，聽起來超有趣的，我無法抑止想試著一讀的欲望。明明知道一旦落敗，我們會有什麼下場，但是……！

「——這些都是有趣的地方。然後呢，如果說太多就洩漏劇情了，但我要提到這本小說的精彩之處，就在於它沒有所謂的主角或主角陣營。無論是甲賀陣營還是伊賀陣營，描寫的比例都是相等的，兩方都能讓讀者產生移情作用，最重要的是，一直到最後一刻都猜不到哪邊會贏！而且即使是這樣的劇情結構，反派角色仍然壞到把人氣死，這才是厲害的地方！配角之間的愛恨情仇也沒遺漏，不只是打打殺殺，還提到了被當權者用過即丟的忍者悲情……」

「時間到。」

「咦，真的假的？我才講到一半耶……呃，嗯——這場腥風血雨的死鬥勝敗將歸屬何方呢！故事收尾得乾淨、悲傷又美麗，一集完結毫不拖泥帶水，請大家一定要看喔！我喜歡的角色是筑摩小四郎！一個愛上年長女忍者的盲人風刃師！報告完畢！」

真中學姊用狂飆的速度講完後一鞠躬。觀眾對這場熱烈演說報以掌聲，我與小口同學也都拍拍手。真中學姊心滿意足地接受掌聲，「那麼最後……」看向了我們。

「圖書社，有問題要問嗎？」

「伊賀與甲賀最後哪邊贏？」

「弦之介與阿幻後來怎麼樣了？」

「自己看。」

對於我與小口同學不假思索脫口而出的問題，真中學姊回得超快，會場一陣哄堂大笑。真中學姊再次鞠躬然後回到座位，我忍不住出聲問她：

「那本書晚點可以借我看嗎？」

「當然，我也想跟你們借那本。」

「可以借她嗎，小口同學？」

「可……可以……！感謝學姊的借閱。」

「不會不會，別客氣。怎麼樣，這場比賽挺精彩的吧？」

「我也這麼覺得。」

被真中學姊這麼問道，我點了個頭。雖然接下來就要選出贏家，但無論哪邊贏——老實說，我認為我們輸定了——我覺得都沒有留下遺憾。

之後的發展簡潔地說，評審結果是平手。

舉手投給我們圖書社的觀眾，是一些個性好像比較認真的學生。大概是受到了心理描寫或配角的心境探討所吸引吧；相較之下，那些感覺比較喜歡異能戰鬥中戰鬥部分的族群，換句話說一副從小看戰鬥漫畫長大模樣的男同學，則舉手投給了真中學姊。

老實說，我本來以為會輸，想不到竟然是這個結果。看來並非所有人都喜歡正統的異能戰鬥，這算是一項新發現，問題是接下來如何處理。

事前聽到的規則中，並不包括平手時的規定。該不會舊圖書室要慘遭關閉，我現在正在進行中的黑歷史也要被揭穿了？我陷入不安的心情，然而這時真中學姊講出了一項提案。

就是舊圖書室與圖書社可以留下來沒關係，但是希望能讓ＴＲＰＧ同好會借用空間。她說他們只會偶爾玩遊戲，平常會保持安靜。

這項提議對我與小口同學來說正是求之不得，高興都來不及了，但我們不懂真中學姊原本那麼想要社辦，怎麼現在又改口。小口同學一問之下，真中學姊雙臂抱胸說：

「昨天我去舊圖書室看場地時，找到了一大堆好像很有趣的書。就是小口之前不是說有些書她不知道怎麼看嗎？前河同學，你還記得嗎？」

「記得，她說有點像奇幻小說……就是那些嗎？」

「對，那些其實是ＴＲＰＧ的規則書，就是玩遊戲時使用的說明書。那些全是在三十多年前的ＴＲＰＧ黎明期出版的，現在都成了珍貴的名著！聽說舊圖書室的藏書原本是向市民公開的文庫，所以一定曾經有過ＴＲＰＧ愛好者吧～總而言之，說什麼也不能把那些規則書處理掉！對不對！」

對於真中學姊的詢問，待在房間後側的ＴＲＰＧ同好會成員齊聲說：「我們沒有異議！」看來他們同好會成員之間已經談妥了。學生會長也說「只要雙方都同意就好」，於是我們這次又撿回了一條命，真是累人。

＊＊＊

當週週末，星期六。小口同學說要去找舊書店的篠川姊，感謝她提供建言，順便還想逛逛她的店，於是我請她讓我跟去。

我想知道篠川姊的店開在哪裡，而且假日還能跟小口同學碰面，也讓我很開心。再加上順利通過第二場比賽的喜悅，我嘴角一不小心就要上揚，但那樣會變成可疑人物。我一邊努力忍住笑，一邊走在北鎌倉車站前的街道上時，小口同學好像忽然想起來，說了：

「對了，上次文現對戰最後的問題……」

「妳說真中學姊問我的問題？」

「是的，當時響平同學的回答……說中島敦描寫的沙悟淨不只是崇拜悟空，同時也覺得放棄成長的自己有點沒出息，那種觀點……我從來沒想過可以那樣解讀。你是怎麼發現的呢？」

「啊——那個啊。」

從身旁投向我的尊敬眼神，看得我忍不住抓抓後腦杓。問我怎麼發現的，講起來還蠻丟臉的。

「與其說我是注意到……不如說我是一邊看，一邊感覺到共通點。我覺得悟淨跟我很像。」

「跟響平同學很像……？」

「是……是啊……我覺得沙悟淨羨慕又崇拜同伴的視角，跟我看著小口同學妳們時一樣。妳們很清楚自己喜歡什麼，而且勇於承認，我覺得這種人很帥，讓我很羨慕。我大可以也這麼做——可以努力向妳們看齊，但是又做不到……自己這麼輕言放棄，讓我覺得很窩囊……類似這種感覺？」

我半帶苦笑囁嚅著說，小口同學聽了好像覺得很意外，眨眨眼睛，然後害羞地說：「我沒有你說的那麼厲害啦。」繼而忽然換了話題。

「啊，這裡就是篠川姊的店。」

「哦——啊，咦？」

我睜圓了眼大吃一驚，因為小口同學指著的店家，正是有那個青年壯漢看店的「文現里亞古書堂」。

「這裡……真的就是這裡嗎？」

「是……是呀，大姊姊是這樣告訴我的……而且她說這個時段她會待在櫃檯——不好意思，打擾了。」

小口同學怯怯地拉開門，我尾隨其後。一看，書架後方的櫃檯處的確有一位戴眼鏡、長頭髮的波霸美女。錯不了，就是篠川姊。

篠川姊聽見了小口同學的招呼聲，面露感覺得到愛書家之間同理心的笑靨站起來，對著店內後側說：「大輔，麻煩你顧一下櫃檯。」然後走了出來。青年應了一句：「好的。」聲音聽起來雖然不苟言笑，但帶著點害臊，而且聽得出來他很高興。兩人明明都老大不小了，卻迸發出情竇初開般的青澀，連我都有點害羞起來。

無論是敢坦率承認喜好的小口同學或是真中學姊，還是與這位美女一起工作的「大輔」——那個可怕的大哥哥都是。望著與小口同學交談的篠川姊，我重新感受到自己身邊盡是些令我羨慕的人物。

第三話

路易莎・梅・艾考特《小婦人》（福音館書店）

「二十五公分寬的護書膜與漿糊，對吧？還有呢？」

「護書膠帶，最好可以和紙製跟塑膠各一捲……她是這麼說的。」

在校舍本棟圖書室隔壁的圖書準備室，我笨拙地唸出小口同學吩咐我的便條，「了解。」得到一個平易近人的回答。

她的年齡在二十五歲上下，一雙眼睛又大又漂亮，鮑伯頭剪短到看得見頸根，捲起袖子的水藍色女用襯衫搭配著灰色西裝褲。她是負責管理圖書室的高山知佳老師，從輕快好動且富有女性魅力的體格以及良好的姿勢看起來，會覺得像是體育社團出身的人，但她其實主要是教二年級英文，也有圖書教師的資格，是個徹頭徹尾的文組。這位由於態度平易近人加上身材姣好而大受男同學歡迎的圖書教師——我也是她的粉絲之一——一邊從牆邊紙箱裡拿出整捲塑膠布般的東西等等，一邊開心地說了：

「想不到圖書社會有新社員加入耶~你說你是一年級的前河同學？」

「呃，是的。小口同——社團代表卯城野說高山老師總是很照顧她。」

我一面轉達小口同學說的話，一面回想她剛才告訴我的事情。

舊圖書室雖然幾乎無人造訪，但舊書光是擺著就會日漸劣化。這麼一來就必須修補，然而管理舊圖書室的圖書社拿不到半點經費，因此聽說圖書社……應該說小口同學一直以來都是拜託高山老師分她一些修補用品。而我現在受到小口同學拜託來這裡要東西。附帶一提，小口同學人正在舊圖書室篩選出需要修護的書籍。

雖說就只是單純的跑腿，但卻是我做為圖書社見習社員的第一份工作。我緊張地看著修補用品一件件堆在小箱子裡等我搬回去時，「好。」老師點點頭站了起來。

「全部大概就這些吧，你檢查看看好嗎？」

「好的……我是很想這樣講，但其實我根本不知道哪個是哪個……」

我抓抓頭，目光低垂。雖然我的確是圖書社成員沒錯，但我是前幾天才加入的，除了文現對戰之外什麼都沒做過，所以毫無這方面的知識。

「呃——首先這捲像是塑膠布的東西是什麼？」

「這叫做護書膜，是包在書上的保護用書套，就像貼在手機或平板電腦上的護膜。你回想一下，圖書館或圖書室的書籍，表面不是會貼透明膠布嗎？」

「噢，就是那個啊？原來是做成一捲一捲的。不過，舊圖書室的書都沒有包膜耶？這些護書膜要用來做什麼呢？」

「護書膜也可以用來補強封面或內頁啊。」

「原來如此，那這個像蜂蜜一樣的管狀物品是？」

「是固定書背用的漿糊，成分類似木工白膠，用來塗在書背與書頁之間補強書本。」

「哦～那這個像雙面膠的膠帶是？」

「護書膠帶，用來貼在破掉的地方，或是補強快要脫落的書頁。」

「為什麼有分和紙與塑膠兩種？」

「塑膠雖然透明但有厚度，不適合用來貼頁面薄的書。相較之下，和紙雖然不透明但比較薄，而且跟老舊紙張很契合。」

「是喔……不能用普通膠帶嗎？」

「你在說什麼啊。」

我隨口問個問題，結果冷不防被老師瞪了一眼。我反射性地挺直背脊，高山老師直勾勾地注視著我，接著說：「聽好嘍？」

「膠帶會隨著時間經過而乾掉剝落，讓紙張劣化。絕對不可以把膠帶貼在書上，這是基本中的基本喔？」

「是……是這樣啊……」

「就是這樣……你真的什麼都沒學過呢。」

高山老師感受深切地說，好像對我很傻眼。我低頭道歉，抱起裝有護書膜等用品的小箱子時，高山老師溫柔地苦笑了。

「要多向卯城野同學請教一點喔，有不懂的地方，隨時可以到圖書室來問我。就算我不在，我也會吩咐擔任圖書委員的同學教你。」

「真不好意思，這麼多事情麻煩老師。」

「這點小事是應該的，我好歹也是圖書社的指導老師呀。」

「哦～……啊，咦？指導老師？我們社團有指導老師？」

我抱著箱子怪叫出聲，經老師這麼一說我才想起來，最初聽說圖書社的事情時，我也想過有沒有指導老師的問題，結果後來就一直忘到現在。大概覺得我驚訝的模樣很有趣吧，老師笑著說：「當然有嘍。」她聳聳肩，回到通往圖書室門邊的辦公桌坐下。

「是我告訴卯城野同學說學校有舊圖書室，也是我教她圖書室的基礎管理。她沒跟你說過嗎？」

「呃，嗯，完全沒提過……因為她那個人除了書本話題以外，基本上不太愛說話。」

「噢，原來如此。今年四月，剛入學的卯城野同學跑來問我，說圖書室裡古典名著不多，還有沒有其他藏書。於是我告訴她還有一間舊圖書室，她開心得要命，變得常常在那裡流連忘返。於是我跟她提議說：既然這麼喜歡舊圖，乾脆成為圖書社社員如何？因為圖書社雖然一直沒有社員，但名義上還是存在的。」

「喔～原來有過這麼一段故事啊。」

我才在覺得奇怪，好歹也是個社團，怎麼只有一個一年級社員，原來是這麼回事。我到這時才深深明白到前因後果，老師抬頭看我，歉疚地微笑。

「文現對戰的事我也聽說了，你們好像想守住舊圖書室？我個人是很喜歡那間舊圖書室，但既然教職員會議已經決定將那棟建築全權交由學生會處置，我也不便幫你們說話。不過我支持你們，要加油喔。」

「謝謝老師！不過，我是很感謝老師願意支持我們，但真的沒辦法幫我們多說點好話嗎……？老師不是圖書社的指導教師嗎？」

「因為我除了圖書社之外，還兼任幾個社團的指導老師。其中也有社團想要舊圖書室，所以我不能偏袒任何一邊。」

抱歉嘍。高山老師豎起一隻手掌跟我道歉。好吧，既然是這樣就沒辦法了。我正想如此回答時，聽見一陣敲門聲，然後通往圖書室的門打開了。

「報告——！高山老師，我有一些關於社團練習場地的問題，想找您商量……咦，您有訪客？」

一名穿著T恤與運動褲的女生，伴隨著活力充沛的嗓音走進室內。滴溜溜的大眼睛顯現出強悍的個性，肌膚健康地曬黑，頭髮在後面束起，一看就是體育社團型的活潑女生，看樣子似乎是高山老師某個負責社團的成員。我告訴那個女生說：「沒關係，我這邊的事已經辦完了。」然後再次向老師道謝，就離開了準備室。

回到舊圖書室時，一個可疑女生以奇怪姿勢站在門口。

她留著中長髮，戴眼鏡，腰上配戴著皮製隨身包。這人就是TRPG同好會的代表真中雙葉學姊，自從上次文現對戰打成平手以來，他們都是借用舊圖書室進行社團活動。

TRPG同好會的社團設備也都放在舊圖書室裡，所以這位學姊會出現在這裡並不奇怪，但她手貼在門上，朝著我翹起屁股，不時還忍不住偷笑，怎麼看都很詭異。雖說她本來就是個怪人，難道腦子終於真的出毛病了？我不禁擔憂起來，然而仔細一瞧，真中學姊好像正在從門縫偷看室內。這人在幹什麼啊？

「真中學姊？妳在做什——」

「噓！」

我還沒把問題問完，真中學姊就注意到我，豎起手指抵著嘴唇瞪我。她動動嘴唇要我安靜，指了指拉門的門縫。

「現在正精彩呢。」

「正精彩？」

「沒錯，學生會長為了下一場文現對戰的事而來，小口一個人應付她，正在驚慌失措呢。」

「這種事怎麼不早講！我得去救她……」

「慢著。」

「咕噁！」

真中學姊迅速繞到我的背後，抓住我的制服衣領一扯。我們學校的男生制服是古色古香的立領學生服，一旦被這樣拉扯，領子會整個陷進喉嚨。我本來想反抗說「妳幹麼啊」，但真中學姊在拉門前蹲下，竊笑著指指門縫。

「好啦，你先看看再說，又不會少塊肉。」

真中學姊面露邪門笑容說道，我心想她既然都這麼說了，於是放下裝有修補用品的箱子，從門縫偷看——下個瞬間，我的呼吸暫停了。

在穿透蕾絲窗簾射進室內的淡淡日光中，排滿書櫃的靜謐空間裡，兩名少女互相依偎著。其中一人隔著制服都能看出她那柔軟的身體曲線，執起另一名穿圍裙的嬌小少女的手，將她拉向自己。不用說，就是學生會長旭山學姊與小口同學。旭山學生會長握著小口同學的手，如痴如醉地開口道：

「好柔嫩的手……還有這股可愛的芳香。就連這指尖都如此惹人憐愛……」

「才……才沒有呢……！我摸過太多舊書，皮膚很乾……」

「的確，是有一點皸裂呢。不過，妳的手很美喲？讓我真想一口吃掉。還有，這裡更是柔嫩……」

「呀啊！請……請不要這樣，會長……！」

「叫什麼『會長』，這麼見外，妳可以叫我的名字沒關係喲？」

「那怎麼行……那個，呃，請……請放開我……！」

小口同學被會長撫摸了臉頰，不肯就範地左右搖頭。與其說她是討厭被摸，不如說她似乎是在害羞，臉蛋跟雙手都紅通通的。至於會長看到小口同學這些舉動，恐怕更是欲罷不能，她面露滿意的微笑，更進一步將小口同學拉向自己……

那幅光景既禁忌又悖德，說得難聽點，甚至是有點淫靡了。目睹兩名少女在熟悉的空間裡繾綣纏綿，我不禁看得入迷，悄悄地嘆了口氣。在我下方偷窺的真中學姊低喃道：

「怎麼樣，很有看頭吧。」

「的……的確……！」

「你比我想像的還感興趣呢，雖然我早就知道前河同學是阿宅，原來你也吃百合？」

「太過火的百合有點沒辦法，但女生之間的故事我滿喜歡的。」

「哦~很多男生都喜歡只有女生登場的作品呢，為什麼？」

「為什麼？因為只會出現美好的事物啊，沒有理由不喜歡吧？女生不也喜歡全是帥哥的故事嗎？」

「你這是偏見喔。」

「那學姊是不喜歡了？」

「愛死了。」

「對吧——不對，仔細想想，現在不是討論或看得入迷的時候！會長！妳在對小口同學做什麼啊！」

我總算回過神來，急忙拉開門大叫。由於我把拉門整扇拉開，不只我，真中學姊也完全暴露行蹤。聽到這麼大的聲響與嗓門，小口同學猛地抬起頭來。

「響平同學！雙葉學姊也來了……！」

小口同學甩開會長的手，小跑步過來躲到我與真中學姊的背後。她應該是真的很困擾，一雙大眼睛泛著點淚珠，使我由衷感到歉疚。至於會長難得有機會享豔福卻遭到妨礙，露骨地嘖了一聲，重重在地板上跺了一腳。我每次都很希望她不要這樣，明明只要不說話就是位高雅美女的。

「粉絲會減少喔，會長。」

「不用你管，要來就算了，至少再晚一點來也好啊！」

「我……我很感謝你們來救我……」

小口同學躲在我與真中學姊身後，顫聲喃喃道。她縮起原本就很嬌小的身子，那模樣使我心如刀割。我一面自我警惕絕不再做這種事，一面轉向會長。

「會長是為文現對戰的事而來的吧，這次要跟哪個社團的誰比賽？」

「——是我。」

書櫃區深處傳來一個響徹室內的聲音，我的眼睛忍不住轉向那邊——櫃檯前的閱覽桌，我跟一名不知道是什麼時候來的，拿著文庫本的嬌小少女四目交接。

「這次要請你們與我一決勝負。」

這個陌生少女將書放在桌上站起來，走到我們跟前說道。

她有著一頭仔細綁成辮子的豐厚黑髮，以及嚴肅認真的臉部五官。眼神銳利的大眼睛雖然很漂亮，但首先吸引我目光的是她的身高。她比個頭嬌小的小口同學還要迷你，而且還生了一副娃娃臉。幸好因為穿著制服而看得出是高中生，如果穿的是便服，我一定會把她錯認為小學生。「妳好。」我打過招呼後，回頭向小口同學問道：

「小口同學，這個小朋……不對，這位同學是？」

「我……我也不太清楚……是會長帶她來的，呃，但我還來不及問，會……會長就突然把我拉進懷裡……」

「……噢，原來如此，辛苦妳了……」

「沒講兩句話就急著騷擾學妹？妳是發情期的昆蟲嗎？」

「讓各位見笑了，平常副會長理津會阻止我，但她今天不在……」

會長回復到高雅模式，雙頰飛上淡淡紅雲。她那態度雖然顯得很有涵養，但我並沒有看得出神，反而覺得很傻眼，然後重新轉向小小挑戰者。

「寡廉鮮恥的會長就先別去理她……那麼，呃——妳是？」

「敝姓方倉，二年一班的方倉聖羅。」

「就是個沒趣的優等生，在全國模擬考總是拿A的書呆子啦。」

聽到自稱方倉聖羅的女生有禮地做自我介紹，真中學姊插嘴說道。小口同學向一臉厭煩，沒好氣地雙臂抱胸的真中學姊問道：

「雙葉學姊，您認識這位學妹？」

「算認識吧，因為我的常態分布值也很高啊。這傢伙是文組，我則是理組，但我其實不怎麼念書也能在全國模擬考拿不錯的分數，對吧？所以她就擅自拿我當競爭對手啦。哎呀～聰明又長得漂亮實在很辛苦呢。」

「自己講自己不害臊嗎？」

「我是實話實說嘛，是說前河同學，這傢伙的弟弟你應該也認識吧？」

「弟弟……？噢，妳是方倉的姊姊啊。」

我稍微思索一下，想起班上一個認真男同學的臉，真中學姊的事就是那傢伙告訴我的。經她這麼一說我才想到，他們倆雖然個頭完全不同，弟弟身高甚至比姊姊高了一倍，但一副就是死腦筋的眼神倒很相像，看樣子姊弟兩人都是優等生。

「初次見面，我是圖書社的前河，然後她是卯城野小口同學。」

「您……您好……我叫卯城野……」

「然後呢，我是借用這裡當場地的ＴＲＰＧ同好會的真中雙葉。」

「真中同學我認識，還有圖書社的兩位同學，請多指教。」

方倉學姊先是對真中學姊不予置評，然後轉向我們深深一鞠躬。大概真的是個優等生吧，態度很理智又沉穩。

「學姊的弟弟平時常常照顧我，我跟方倉學姊的弟弟方倉從四月開始——呃，用姓氏稱呼會有點搞混呢。」

「既然如此，你就直呼我的名字沒關係的。」

方倉學姊——聖羅學姊淺淺地微笑。看來她雖然個性認真，卻算是不會擺架子的類型。

「謝謝學姊。」我一面以道謝回應，一面回看片倉學姊……應該說是俯視著她。

話說回來，她個頭還真小呢。不只如此，連長相與嗓音都很稚嫩，所以我雖然知道她是班上同學的姊姊，卻怎麼看她都覺得只有十一、二歲。

「聖羅學姊原來是二年級啊。」

「是的，我與這位學生會長以及真中同學念同年級，怎麼了嗎？」

「起初我以為妳沒那麼大。」

「——你說什麼？」

我一說出誠實的感想，聖羅學姊頓時臉色大變。原本和藹可親的表情整個凍結，雙眉嚴厲地豎起。咦？她是怎麼了？聖羅學姊抬頭瞪著困惑的我，發出低沉而具威脅性的聲音。這是怎麼搞的？嗓音明明很稚嫩，聽起來卻異樣恐怖。

「你的意思也就是說——我像個小學生？」

「咦？呃，不，我沒那樣說……」

「你沒這樣想？」

「這——好吧，是有這樣想。」

「真沒禮貌！我是如假包換的十七歲！高中二年級！」

聖羅學姊突然大呼小叫起來，她咄咄逼人的態度嚇壞了我，忍不住低頭賠罪。

「對……對不起！」

「聽好了，我年紀可是比前河同學你更大！而你竟然把我當小孩，會不會太沒禮貌了啊！面對一個年長者，居然說黃色帽子與兒童書包比高中制服更適合我！」

「不，我肯定我沒講這麼多！」

「你沒這樣想？」

「好吧，是有這樣想。」

「這就叫做沒禮貌！我要求你正式道歉！」

「真……真對不起！我說錯話了！真對不起！」

聖羅學姊不停指責我，使我抬不起頭來。不過她怎麼突然這樣？我一邊連聲賠罪一邊感到大惑不解，這時在一旁看好戲的真中學姊與學生會長苦笑了。

「這個女生對自己的外觀很自卑啦～平常很正常，但只要別人稍微為把她當小朋友看，她就會大發雷霆。她會用近乎被害妄想的套話方式自發性地火上加油，而且一發起火來，有好一陣子都不會消氣，個性真的有夠難搞。」

「一定是長久以來動不動被人當成小孩的回憶，使她個性扭曲至此……不過，發火的模樣也好可愛喔。」

「會長妳在高興什麼啊，真中學姊也是，這種事要早講啊！」

「是是是，下次我會注意的～是說聖羅啊，妳不是回家社嗎？怎麼會想要這個房間？是想成立新社團嗎？」

「才不是！」

聖羅學姊反駁插嘴的真中學姊，看來她還在氣頭上，口氣很粗魯。我怯怯地抬起頭來，聖羅學姊轉向我與我身旁畏怯的小口同學，語氣嚴峻，不講情面地說了：

「我只是希望校方能開放這個房間當成自習室。」

「……自習室？」

「沒錯！」

方倉學姊斬釘截鐵地說完，拿出一張紙給我們看。紙上寫著「我們要求設置自習室」，這段文字下面，以不同筆跡列出了約二十人的名字。聖羅學姊將這份連署單放在櫃檯上，接著說道：

「學生的本分是課業，為此，需要一個能專心學習的環境。然而這所學校卻沒有能夠純粹讓人自習的空間，你們不認為這是很嚴重的問題嗎？你說啊，前河同學！」

「咦，問我嗎？不……不清楚耶……？」

「你太缺乏問題意識了！」

「對……對不起！」

「身為高中生，你要有更廣闊的視野……總而言之，在本校當中，沒有比這間舊圖書室更適合當成自習室的空間。這裡無論是地點還是環境都無可挑剔，因此我們要求學校開放此地做為自習室。」

「原來如此，也就是高常態分布值同盟的挑戰吧。」

「他們這些人還有這麼個名稱？」

「請不要擅自給我們起名字，真中同學！」

「啊，原來不是啊……是說如果你們只是想念書，不用跟我們搶屋子，想念就念啊……反正這裡有桌子。」

「不……不可以！」

背後忽然間傳來一陣焦急的聲音插嘴，原來是之前一直沒吭聲的小口同學。這位懦弱的圖書社代表，從我背後悄悄探出頭來，小小聲地重複一遍：「不可以。」

「如果准他們這麼做……這裡就不能再稱為圖書室了……」

「是這樣喔？可是，好像很多人都會在圖書館或圖書室念書……」

「其……其實那樣做是不行的……！就連大人或老師當中，都有很多人以為可以把教材帶進圖書館準備……但其實這是不對的，是長年積非成是的壞習慣。而且最近很多圖書館都禁止這麼做，我也……那個，覺得這樣不好。」

小口同學雖然聲音幾不可聞，但仍講完了自己的意見，真難得看到她這樣。我正感驚訝時，身旁的真中學姊舉手問道：

「現在問這有點晚了，但以小口的判斷標準來說，TRPG同好會就沒問題嗎？我們偶爾還會開會討論耶。」

「TRPG同好會的各位同學有在使用舊圖書室的資料……就是規則書等等的對吧？這就像朗讀繪本一樣，跟自備資料進來自己學習不一樣。圖書館或圖書室，應該純粹只是使用館內書籍的場所……其他目的上的運用就……那個……」

「妳想說不准是嗎？」

「噫！是……是的，沒錯……對不起……」

被聖羅學姊一瞪，小口同學嚇得縮成一團，低頭道歉。看來「圖書館不是自習室」對於負責管理舊圖書室的小口同學來說，是絕對不能退讓的一條底線。雖然她越講越退縮，不過現在的聖羅學姊連我看了都怕，小口同學會畏縮也是無可厚非。

至於學生會長與真中學姊這個二年級組合，對於發怒的聖羅學姊似乎已經看得滿習慣的了，面面相覷在嘆氣，好像感到很無奈。

「她只要脾氣能收斂一點，其實很可愛的～」

「哎呀，我覺得現在的聖羅同學就已經夠可愛了喲。是不是，小口同學？」

「咦？會……會長說得是……嗯。」

「妳們！妳們說誰像小孩子一樣可愛！妳們有想過我每次搭電車或公車，都會被人家和善地說『兒童票就可以了』是什麼樣的心情嗎！」

「咦？呃不，當然沒想過，但也可以體會，只是並沒有人這樣說啊……！總之我們回到正題吧？好嗎？」

「住口！」

聖羅學姊衝著我怒吼，「噫！」我不禁窩囊地哀叫一聲，聖羅學姊瞪我一眼，然後稍稍平靜下來，喃喃道：「的確是扯太遠了。」就是說啊。

「……總而言之，我明白圖書社的主張了。我方也認為老舊資料沒有留著的必要，一旦我贏得比賽並獲得所有權，我要撤除所有書架，在這裡擺放個人用書桌，而不是大桌子。」

「怎……怎麼可以……！」

「我管不了妳這麼多，我問過學生會長，她說圖書社若是輸了，就沒有權力拒絕要求。因此，我要以這個房間為賭注，正式要求進行文現對戰！」

聖羅學姊語氣堅定地說，雖然個頭是小口同學比較高，但是在氣魄與自信方面，聖羅學姊大獲全勝。「事情就是這樣。」會長接著說。

「比賽定在後天放學後，按照慣例在學生會的會議室舉辦。與上次相同，雙方直到當天都可以隱瞞簡報介紹的書。這次評審一樣是自由參加，不過為求公平，參加自習室開放署名的各位同學沒有投票權。可以接受吧，聖羅同學？」

「可以，你們不用禮讓我。別看我這樣，我也是有在看書的，特別是英美文學，我自認懂得不少，一定會憑實力戰勝圖書社！」

「呀！請……請您……請您手下留情……」

小口同學再次躲到我背後去了，她貼在我背後雖然讓我很開心，但好歹也是圖書社的代表，真希望她能再理直氣壯一點。

「那麼會長，題目要如何決定？這次也有文類限制嗎？」

「我是如此打算的，這樣更容易做比較，也能炒熱氣氛。」

「那就再用骰子決定吧，反正上次的題目一覽表也還留著。」

真中學姊邊用手掌把玩二十面骰子邊說，不知是何時帶來的，左手拿著上次決定題目時用過的文類清單。我們沒有異議，聖羅學姊也點頭說：「可以。」於是我們請會長擲骰子，決定本次的題目是——

「『女英雄／女主角』……？嗯——這題目搞不懂是狹窄還是廣泛呢～因為是『女』英『雄』嘛，又『女』又『雄』！」

「是是是，很有趣啦，真中學姊。」

我隨口應付真中學姊，然後轉向小口同學。由於我這個見習社員對舊圖書室的藏書可說是一無所知，因此選書與簡報做法完全都交給小口同學決定，不得不說自己這樣真窩囊。

「小口同學，如何？有想到不錯的書嗎？」

「呃，嗯——……我有立刻想到幾本，只是就如雙葉學姊所說，這是個相當廣泛的主題……所以我很難立刻做決定。況且我也想聽聽響平同學你的意見，如果可以，還想找文現里亞古書堂的篠川姊商量……」

「文現里亞古書堂？」

真中學姊偏偏頭。「妳有聽過？」我一問，學姊若無其事地點點頭。

「我不認識你們說的篠川姊，不過倒是知道有家文現里亞古書堂。就是北鎌倉站前一家有點歷史的古書店，對吧？」

「對對對，學姊有去那裡買過書嗎？」

「不然去那裡還能幹麼？忘記是什麼時候了，我看到店裡有本古書放在玻璃櫃裡裝飾，所以印象很深刻。那本書是太宰治的《晚年》，附帶一提，你猜那本書多少錢？」

「咦？既然裝在玻璃櫃裡，一定是很貴的書吧？嗯——大概一萬圓……？」

「諒你猜不到，竟然要三百五十萬圓。」

「三百五十萬？」

「世界上有這麼貴的書……？」

我忍不住大叫出聲，接著換小口同學問道。她大概真的沒想到會賣這麼貴，本來就很大的眼睛睜得更大更圓了。「就是有。」學姊說。

「一位身材魁梧的店員跟我說，昂貴的古書差不多都是這個行情。他說這本是初版，附書腰又有簽名，而且書況良好，所以才值這麼高的價錢，但我真沒想到一本書可以賣到三百萬圓呢，連我都嚇一跳。」

「我說過了，不要扯開話題！我們現在正在談文現對戰的事！」

一陣火大的聲音岔了進來，是聖羅學姊。我與小口同學嚇得震了一下，真中學姊則是沒什麼反應。聖羅學姊環顧我們幾個後，將剛才放在桌上的書，也就是她剛才坐在那裡看的書舉到胸前，毫不猶豫地說：

「跟你們鬧下去沒完沒了。還有，我要用這本書做簡報。」

那本平裝書比一般文庫本大一點點，是童書常見的規格。褪色的白底封面上，描繪著一臉困惑的金髮少女、穿著西服的兔子與大腦袋瓜戴著禮帽的男子等等同桌而坐的圖畫。這本書舉世聞名，就連我都知道。小口同學唸出了它的書名：

「路易斯．卡羅的《愛麗絲夢遊仙境》……」

「是的，這是描寫少女愛麗絲誤闖神奇世界的歷險記，屬於幻想文學，是家喻戶曉的英國兒童文學鉅作。我剛才已經說過，我自認對英美文學還算懂得不少，當然對《愛麗絲》也很熟悉，要我現在做簡報都不是問題。」

「呃不，現在沒有聽眾，做簡報也沒用吧。」

「我知道，我只是打個比方！那麼，妳打算怎麼做？」

「咦？剛才不是說過，我們會在當天之前決定好……」

「我都已經決定好，也告訴你們大家了，妳卻不肯公開底牌是吧？這樣豈非不公平？」

「什麼？妳怎麼這樣強人所——」

「我沒有在問你，前河同學，我是在問卯城野同學。妳覺得呢，卯城野同學？既然妳想守住舊圖書室，想強調這裡的書籍與圖書社的存在感，妳難道不該具備能立即選出書籍的才幹嗎？」

「嗚……」

聖羅學姊以眼力將我逼退，走向小口同學跟前。可能是覺得對方的主張不無正當性，小口同學移開了視線。

「這……這個嘛——或許……的確是這樣子……沒錯……可是，以文現對戰的規則來說的話……」

「規則中並沒有禁止雙方事前告知要介紹哪本書。我要推薦這本《愛麗絲夢遊仙境》，妳呢？」

「呃，呃呃，既然如此……」

「怎樣？」

「那個——呃，我要……」

「要怎樣？」

「我……我要介紹《小婦人》……！」

在聖羅學姊的逼問之下，小口同學被迫吞吞吐吐地說出了書名。聽到這個名稱，聖羅學姊興味盎然地點點頭。

「原來如此，艾考特的《小婦人》是吧。如果說《愛麗絲》是一八六〇年代的英國文學代表作，《小婦人》就是象徵同一時代美國文學的作品。而且兩本雖然都是以女性為主角，其內容或主題卻截然不同……看來這場比賽會很有意思。」

聖羅學姊一副無趣的表情如此告訴我們。原來是這樣啊？

後來，聖羅學姊借走了《愛麗絲夢遊仙境》，就邁著大步離開了舊圖書室。學生會長以及說有事要辦的真中學姊也一起回去了，因此舊圖書室裡只剩下我與小口同學。一剩下我們兩人獨處，小口同學突然兩眼泛著淚光說：「怎麼辦……！」開始不知所措起來。呃不，妳問我，我問誰呢？

「既然剛剛都那樣說了，就只能拿妳說的《小婦人》做簡報了吧……？如果跟她說要換書，她搞不好會發脾氣。」

「我……我想也是……對不起，我才剛說要問你的意見，還說要先商量再決定，結果被方倉學姊一逼，就……」

「不會啦，沒能阻止她我也有責任……可是，妳為什麼會選《小婦人》呢？」

「就如同方倉學姊說的……《小婦人》與《愛麗絲》是同一時代的作品，內容也正好形成對比，我只是一時想到，不小心就說出口了……對不起……！真的很抱歉！」

「沒關係啦，不用這樣道歉啦。應該說就算妳找我商量，反正我也幫不上忙！總之妳先冷靜下來，好嗎？」

小口同學狼狽地拚命道歉，我好不容易才安撫住她，讓她坐下，自己也在她旁邊坐下。反正說都說了，不如想想如何介紹才要緊。我一次又一次這樣勸她，小口同學才好不容易點了點頭。

「謝謝你，我稍微冷靜下來了……對了，響平同學。」

「什麼事？」

「說到底，你看過《小婦人》（註：日譯《若草物語》）嗎？」

「嗚！對……對不起，我只聽過書名……是小草的故事嗎？」

「……差很多。」

流露出正面感謝的表情一瞬間切換成失望，小口同學嘆了一大口不符合嬌小體格的氣後說：「請等我一下。」她離開座位，沒過多久就拿了幾本書回來。不愧是舊圖書室的管理員，動作好快。

「我拿了主要的幾本過來，這就是《小婦人》。」

小口同學一邊說，一邊把五本書放在桌上。

有一看就知道是古老文庫尺寸的精裝書上下集、沒有封面的黃綠色厚重文庫本、版型比文庫本大一圈的平裝書，以及看起來很莊重、又大又厚的精裝書。雖然外觀給人的印象不同，但每本書的名稱都是《小婦人》。小口同學將這些書並排擺在桌上讓我看到封面畫像，並接著說：

「作者是路易莎・梅・艾考特。這位女性在十九世紀的美國賓州出生長大，《小婦人》是她三十六歲時的作品。艾考特本身是位獨立的職業婦女，據說她是根據自己的回憶，以及女性也該獨立自主的觀念等等寫成本書，其思想也反映在原名當中。」

「原名？噢，妳是說原著的書名啊，叫做什麼？」

「《Little Women》，意思就是『一群小小女士』。日本特有的譯名為《若草物語》，據說是以『若草』也就是嫩草是比喻未成年青春女性的嬌嫩或青澀。《若草物語》原本是電影版的國內名稱，後來也沿用成為原著譯名。在那之前，原著都翻譯為《小人兒》或《少年少女》。」

剛才那種懦弱或狼狽都不見了，小口同學口若懸河地解說。她這人還是一樣，只有講到書籍的話題時口才特別好，特別博學多聞。我很想稱讚她好厲害，但我如果說出口，她又會害羞得講不下去了，所以這份感動就藏在我心裡吧。

「是什麼樣的故事？」

「故事描述在南北戰爭時期的美國鄉村，與母親相依為命的四姊妹的日常生活。可靠的長女瑪格、不讓鬚眉的次女喬、儒弱又體弱多病的三女貝絲、心高氣傲的么女艾美……她們的父親擔任隨營牧師離家從軍，四個女兒有時起點爭執，但仍互相扶持，逐漸成長茁壯，當父親回來時，為女兒們的成長感到高興……」

「這樣聽起來，該怎麼說……就像是『古早年代的兒童文學名著』呢……？」

「因……因為它就是以前的兒童文學名著呀……」

我欲言又止地道出感想，小口同學點點頭。既然是以前的兒童文學名著，那故事內容一定是描寫小孩子應有的那種清純、端莊又優美的情操了。老實講，我不怎麼感興趣，但不知道能不能說實話。我拿著黃綠色的文庫本正在苦思時，可能是我的想法傳達給她了，小口同學沮喪地低下頭去。

「真不好意思……我很喜歡這本書，而且又是文學史上很重要的作品，可是……到了現在這個時代，我也覺得很難傳達這本書的好……畢竟它沒有貫穿全書的故事或劇情……」

「咦？沒有喔？」

「是……是的……雖然後期有戲劇性的發展，但大半情節都是日常生活中的小事件……而且這個故事是寫給女孩子看的，想要將它的趣味傳達給各位男同學，恐怕更有困難。」

「是……是這樣啊……」

面對又再度縮成一團的小口同學，我只能回答一些毫無意義的話。這種書要怎麼推薦？可是如果現在輸掉，我的丟臉祕密就會曝光，小口同學也會失去珍愛的舊圖書室，我不可以放棄。

「……總之，我可以先讀讀看嗎？」

「可……可以！務必請你讀讀看……！在寫簡報用原稿前，我也想聽聽響平同學的感想……！」

「不要抱太大期待喔……？所以，我該看哪一本？這本最薄，好像最容易讀耶。」

我沒多想就伸手去拿精裝版的文庫本上下集，小口同學見狀，端整的眉毛擠成八字形，難以啟齒地開口：

「新潮文庫版嗎……？那本用詞很老舊，我覺得是這些版本當中最難讀的……」

「哇，真的耶！而且字超小的！什麼時候的書啊？啥，昭和二十六年……？那麼，這本怎麼樣……嗯，字很大，用詞也很普通。」

我拿起比文庫本稍大一點的平裝書，水彩風格的封面圖畫或插畫都很女孩子氣，但這本應該很容易就能看完。然而小口同學又是一臉傷腦筋的樣子。

「那……那個……POPLAR社文庫版是很容易閱讀……可是有幾段章節被省略，結局的部分也被改寫了……所以我覺得不要從這本開始看……會比較好。」

「咦，章節還可以省略的喔？」

「這在童書是常有的事，像是將長篇作品縮短，或是刪掉不適合兒童的部分……如果要閱讀完整版，我覺得譯文簡潔的旺文社文庫也不錯，不……不過，我最喜歡這本，福音館古典童話系列……」

小口同學先讓我看看黃綠色的文庫本，然後將一本厚重的精裝書推到我面前。封面上畫著一群少女在森林裡靠著樹木而坐，字很小，書本身又厚又大，在這幾本當中看起來最不容易接觸。「我覺得這個故事，適合以溫柔的敬語文體呈現。」小口同學補了這一句，我眨眨眼睛。

「妳連每個版本的內容都記住了啊……」

「是……是的……因為我喜歡這個故事。」

「妳果然很厲害呢。」

「咦？請……請別這麼說！我……我才不厲害呢……！」

我忍不住稱讚小口同學一句，她一聽，漲紅了臉低下頭去。啊——我又搞砸了。小口同學大概是真的很害羞，盡可能不看我這邊，把推薦的精裝書更往我這邊推過來。

「總……總之，我……我推薦福音館版……雖然看起來很厚，但這個故事很好懂，我想只要是習慣閱讀小說的人，很快就能看完了……而且這本比較新，文體也比較容易閱讀……」

「一九八五年啊，的確滿新的。」

我看了看她推到我這邊的書的版權頁，點點頭，隨即又自己對自己吐槽：「才怪，哪裡新了。」八〇年代的書籍絕對稱不上新，振作一點好嗎？我一方面對自己傻眼，一方面又覺得這表示我漸漸融入了這間舊圖書室，也有一點高興。

＊＊＊

然後過了兩天，到了文現對戰當天。

「……路易斯．卡羅，本名查爾斯．道奇森，他講給任教學校校長女兒們聽的這個故事，在兒童文學的主題與形式上引發了巨大變革。他為受到道德說教箝制的文學界，帶來了荒唐的語言遊戲，以及謎題一般的惡夢光景。」

先攻的聖羅學姊進行的《愛麗絲夢遊仙境》簡報，在學生會會議室裡靜靜響起。

聽眾比起上次TRPG同好會對戰多了一點，將近有三十人。男女比例幾乎各半，還混雜了一些上次的參加者，負責管理圖書室的高山老師也坐在聽眾席裡。另外，真中學姊好像說同好會有活動，所以沒來參加。

「少女愛麗絲誤闖神奇世界展開的歷險記，雖然是相當古典的創作主題，但從中發展的故事卻與傳統童話大相逕庭。例如舊有的童話當中，一般來說主角遇見的動物會提供一些物品或幫助。但在本作當中，主角所遇見的動物都具有攻擊性或是腦筋死板，作者將牠們描寫成給主角找麻煩的存在。牠們象徵了受到固定觀念束縛的社會，也因此而讓《愛麗絲》被譽為優越的諷刺作品。此外，文章中一些英語的文字遊戲也極其出色，諸如尾巴的『tail』與故事的『tale』的雙關語，或是將代表『打拍子』的慣用語『beat time』直接照字面解釋成『打時間』等等——」

聖羅學姊站在踏腳臺上，用稚嫩但沉穩的語調流暢地介紹下去。聖羅學姊解說《愛麗絲》文學價值的簡報極為嚴肅又穩健，無法想像是前兩天氣得跳腳的女生做的報告。她說過自己喜歡英美文學，看來所言不假，資訊量很大，簡直像在聽課一樣。

而聽著這樣的簡報，聽眾的表情也不禁肅穆起來，會議室內瀰漫著一股奇妙的緊張感。

我一邊點頭心想「講得真有道理」一邊聽得入神，最後聖羅學姊有效利用了整段時間，替報告做結，然後一鞠躬。

「報告完畢，圖書社的兩位同學，有任何問題要問嗎？」

「咦？啊，對喔，還有問答時間呢，小口同學有問題想問嗎？」

「我……我沒有問題……這次報告讓我學到好多……響平同學呢？」

「我也沒有什麼問題要問。」

我與小口同學互看對方的臉，然後輕輕搖了搖頭。雖然她針對這本書破除了兒童文學的窠臼解說了半天，又說文章活用了英語的音韻特性，但我們沒半點預備知識，除了「原來是這樣啊～」之外無法產生其他感想。聖羅學姊看著這樣的我們，好像覺得掃興地聳聳肩，回到座位上。「謝謝聖羅同學。」擔任司儀的會長出聲說道。

「那麼接下來，請圖書社進行簡報。」

「好……好的！」

在會長出聲催促下，我與小口同學一起前往發表用的桌子。小口同學把她幫我寫的原稿攤在桌上，拿出福音館古典童話系列的《小婦人》放在桌上，讓聽眾看得到封面。我輕吸一口氣切換聲音開口：

「今天要介紹的是這本，路易莎·梅·艾考特的《小婦人》。作品以南北戰爭中的美國鄉村為舞臺，描寫與母親相依為命的四姊妹每天的生活與成長。本作於一八六八年出版，就在剛才介紹的《愛麗絲》出版的三年後問世。講到故事的內容——呃，在聽完方倉學姊實實在在的簡報之後，有點難以啟齒——這就是幾個角色特質鮮明的女孩子發生的事，基本上是喜劇，偶爾挾帶點嚴肅成分……簡而言之，有點類似一般所謂的日常系，不如說內容幾乎都是日常系。」

不要太僵硬嚴肅，而且不要因為心急而變回平常的講話方式，還要維持適度的親切感。我一邊細心領會昨天小口同學給我的建議，一邊語氣篤定地如此告訴大家，隨即感覺到一種氣氛在聽眾席之間蔓延，彷彿在說「哦？」一般。這種反應正如我所料，我心中喃喃自語：「稍安勿躁，請聽我娓娓道來。」並回想起昨天與小口同學的對話。

「超好看的！」

我把精裝版的《小婦人》借回家，隔天放學後來到舊圖書室。小口同學一進來，先到舊圖書室等她的我一開口就這樣說，不如說我是用叫的。

我這個感想大概真的讓小口同學很意外，她本來正要關上拉門，一聽就停住了，眼睛眨了好幾下後，由衷疑惑地偏偏頭。

「你……你說……好看嗎？真……真的……？」

「真的啊！好看到不行，萌爆了！」

「猛爆？是指讓人熱血沸騰嗎……？《小婦人》裡應該沒什麼這種要素吧……」

「不是那個意思——該怎麼解釋才好呢？就是可愛又漂亮，讓人忍不住嘴角上揚的那種『萌』啦。真的太好看了，謝謝妳的推薦！」

我用貧乏的語彙稱讚，小口同學穿起圖書社的制服圍裙，然後到我身邊坐下，拿起桌上的《小婦人》皺起眉頭。

「我很高興你這麼說，可是……但我昨天也說過，這個故事沒有戰鬥，也沒有布滿伏筆的壯闊劇情，對吧？跟響平同學的喜好不是差很多嗎？而且書中登場人物幾乎都是女生，但你說……」

「就是這點好啊！」

「咦？」

「小口同學，妳可能誤會了，其實男生也會喜歡只有女生登場的故事喔。至少我就很喜歡，愛死了。」

「是……是這樣嗎……？」

「就是這樣。」

我回望著驚訝的小口同學，熱情又有力地點頭。我一邊偷偷想起昨天小口同學與會長在這裡的纏綿，一邊再次重複：「因為那些女生既漂亮又可愛啊。」

「然後呢，以這種故事來說，沒有壯闊劇情完全不算缺點或缺憾，反而會讓人覺得『就該這樣！』哩。沒有男生，只有一群女生開開心心過日子的故事，在輕小說裡比較少，但動畫或漫畫很多。只要去書店看看，漫畫的新刊區一定會有幾本，每季動畫也都會有幾部作品。」

「哦……我都不知道。這種作品，故事內容都在講什麼呢？」

「很難說耶……什麼都有。主要角色全部都是女生的作品多得要命，像是飛天展開戰鬥、開機器人或是當偶像，真的是要什麼有什麼，但其中有一個類別，就只是讓觀眾看她們拉拉雜雜的日常生活，也被稱為『日常系』。」

「日常系……？原來現在還有這種類別呀……所以你的意思是說，《小婦人》很接近那種類別……？」

「很接近，超接近的！雖然因為是古早年代的故事，所以有一些詞彙看不懂，但完全不影響閱讀……而且四姊妹每個角色都很棒。」

我一邊點頭同意自己說的話，一邊回想起昨天讀到的內容——角色特質鮮明的四姊妹。

年紀最大的瑪格穩重可靠；男孩子氣的喬性情奔放；貝絲體弱多病又乖巧，但喜愛音樂且溫柔善良；年紀最小的艾美高傲又任性，活生生是個典型的金髮年幼角色。

這種角色定位我在漫畫或輕小說裡看過無數次，是王道中的王道。我連動畫化時的聲優都妄想了三種不同組合，但講給小口同學聽只會讓她一頭霧水，所以就別提了。小口同學有點被我嚇到，但仍輕輕點頭說：「的確。」

「我也覺得登場角色全都很有魅力，可是，我以為響平同學喜歡有戰鬥或機謀策略的故事……」

「那種的我當然也喜歡，但《小婦人》就是因為沒有重大事件或目的才棒啊。書中有好幾個小故事，所以可以看出各種角色組合之間的關係……」

我興奮不已，熱情地講出我深切的體會。我告訴她，光是看到姊妹們消磨時光，當當看女僕，努力打扮漂亮等日常情節，就已經夠好玩了。又說沒想到「不會作菜的女主角把鹽跟砂糖搞錯」這種老哏從十九世紀就有了，讓我好感動。我還談到從許許多多的小插曲當中，可以逐漸看出姊妹之間的感情融洽，以及互相關懷的心有多麼可貴。

「因為她們都是女生，所以不管做什麼，看起來都好美喔。像是喬與艾美吵架，後來以一個吻解決的場面，我興奮到忍不住遮臉；還有喬說如果可以，她巴不得能自己跟瑪格結婚，我還以為是網路上的二次創作哩。」

「……二次創作？我聽不太懂，不過我已經明白你很喜歡這本書了。而且我現在才知道原來還有這種欣賞的觀點……可是……」

小口同學的神情再次變得黯淡，似乎是因為我雖然相當喜歡她選的書，理解方式卻完全超乎她的預料，讓她感到很不安。

「這個故事裡登場的並不只有女生，對吧？」

「男性角色？噢，妳說羅倫斯？」

「是的，住在姊妹家隔壁的年輕人羅倫斯，小名叫小羅，在這個作品當中是非常重要的角色。就這層意義來說，這本書跟響平同學說的文類——盡是女生登場的日常作品，會不會還是有差別？」

「啊～是這樣沒錯。可是我不會排斥羅倫斯這個角色啊，羅倫斯他並沒有積極地去跟四姊妹牽扯關係，對吧？他這個角色只是覺得姊妹和睦相處的景象很棒很美，很想加入但又怕打擾人家，所以只是在一旁看著，這樣反而讓我感同身受呢。」

「原……原來如此……你會這麼喜歡……坦白說，我很意外。」

小口同學說完，視線落在《小婦人》上，就不再說話了。該不會是我講得太宅，讓她覺得敬謝不敏？我這時候才開始不安，這時小口同學抬起頭來，好像下定了決心似的出聲說道：

「那……那個……！我想問一下，姊妹當中，你最喜歡哪一個？」

「咦？」

被她用莫名強硬的口吻一問，我想了想。

瑪格愛漂亮又嚮往參加舞會，但仍能保持住長姊風範，帶有滿滿的年長女角魅力；貝絲乖巧不多話，但卻能跟隔壁的怪脾氣老先生成為好朋友，穩穩走在懦弱女角的王道上；容易自大的十二歲金髮女生艾美，想必也會讓蘿莉系女角愛好家為之瘋狂，不過……

「如果問我的話……應該是喬吧。」

「我——我也覺得！喬真的很棒，對不對！」

小口同學忽然變得好有興致，困惑與懷疑瞬間從她臉上消失，浮現出開懷明亮的欣喜笑靨。可能是總算找到了共通話題讓她很開心，小口同學情緒頓時興奮起來，喜孜孜地點頭。

「我也是最喜歡喬……！當然，我想這個角色的視角貼近作者，讀者容易投入感情也是原因之一，但就算不是如此，我想我還是會愛上她的。她個子高挑，手腳修長，活力充沛又男孩子氣，但又夢想能成為作家，有著令人意外的一面……她又帥又迷人，同時又能讓我感同身受。」

「啊～我懂，小說登上報紙的那個故事超棒的。還有一開始是長髮，故事進行到一半剪短，我覺得她一個角色就塞這麼多屬性，簡直刻意賣萌。她那樣如果是遊戲插圖，假如是公仔就會有附屬零件吧。」

「……屬性？差分？附屬零件？對……對不起……今天的響平同學，說的好多詞彙我都聽不懂……」

「啊，抱歉！換句話說就是——呃～總而言之，即使是我這種從沒在看古典文學的阿宅，也覺得這本書超好看的啦！謝謝妳的推薦！」

「不……不客氣。」

小口同學困惑與驚訝參半，然後用「我有點被你嚇到」的態度回答我。這個身兼圖書社代表與文現對戰原稿撰稿人的少女，看看一再強調「很好看」的我，又看看《小婦人》，重複看了幾遍後，輕輕點了點頭。

「……我明白了，我本來想先找篠川姊商量再寫，不過既然響平同學這麼喜歡，我打算從這個方向寫講稿看看。況且以響平同學的角度考量，將你的感想加進原稿裡，講起來應該也比較順……這樣可以嗎？」

「務必請妳這麼做！」

「好……好的……！明天就請你多幫忙了……只是，那個……」

「嗯？」

「在文現對戰正式上場時，我覺得你可以……呃，再冷靜一點比較好……」

小口同學面露尷尬的苦笑，同時斟酌著字眼說道。我一時興奮講得太激動了，搞不好聽起來很噁心？我問了她一下，「呃……」結果小口同學別開了視線，怯怯地發出細小的聲音：

「只是，態度有一點點，強——強硬？或許？我是這麼覺得……」

「果……果然？對不起，我會注意……」

『「這才叫做美景！」羅里心想，從樹叢間偷窺的他已經徹底清醒而且心情大好。眼前景象宛若一幅名畫。四姊妹齊坐樹蔭下，從樹蔭透下的陽光在她們身上閃爍，香氣濃郁的風掀起她們的髮絲，為她們火熱的臉頰降溫，樹林裡的小生物則繼續做自己的事，彷彿她們不是陌生人，只是老朋友。瑪格坐在帶來的墊子上，白皙雙手靈巧地做女紅，穿著粉紅色洋裝的她在綠地襯托下，看起來好比清新甜美的玫瑰花；貝絲在鄰近鐵杉下篩選堆積成山的毬果，她拿來製作很多漂亮的東西；艾美正在畫羊齒叢的素描；喬則是在編織的同時大聲朗讀。』

我盡可能用動聽的聲音，朗誦手邊書本貼有便利貼的部分。

我已經講完了《小婦人》的概要與好看的地方，現在進入朗讀的部分，唸出象徵作品魅力的場面。我正在朗誦的，是昨天跟小口同學提過的一個場面，就是男性角色羅倫斯看到四姊妹齊聚的景象，感到可貴的那一幕。

這一幕真的很棒，但如果可以，我很希望能讓小口同學來朗誦我覺得最美的一個場面，就是喬與艾美吵架後，用一個吻言歸於好的場面──『兩人都默默無語，但隔著被子緊緊摟住彼此，由衷地親吻對方，完全釋懷也遺忘了先前的衝突。』──這段文章實在太優美，我忍不住抄了下來。

事實上，我昨天在舊圖書室已經勉強請她唸過，好聽到我差點沒昏倒，但她說什麼也不肯在正式上場時朗讀，抵死不從。

那時候真該錄音的。

我悔不當初，同時朗讀完畢，稍微等餘韻在聽眾之間擴散，然後接著說：「最後還有一點。」接下來的內容，是以小口同學的意見為基礎，再加入我的感想，請她整理成講稿的。

「剛才我說過，本作可以當成角色特質鮮明的女主角上演的日常喜劇，但並非從頭到尾都是日常瑣事，時間還是會流逝的。姊妹會成長，也會出現她們想像今後人生的場面。不過，我認為本作最可貴的地方，在於它告訴讀者：正因為歲月如梭，才更該享受當下。『**大家現在看起來都十分幸福，我想應該沒有比這更美好的事了。**』這句話是喬在最後一個章節說過的話，但我認為這句話拿到現代的日常系作品一樣適用……不，我想這是永遠經得起時間考驗的主題。我認為本作歌頌了自己與身邊的人享受當下的樂趣，堪稱名著——不，根本就是名著，所以希望大家一定要讀讀看，保證萌翻你們！報告完畢！」

我語氣堅定地說完，低頭一鞠躬。同時，心中湧起一股全力以赴的滿足感。悄悄往身旁一看，小口同學似乎也有同樣的心情，這位個頭嬌小的圖書社代表，帶著罕見的興奮神情對我點頭。

後來進行了表決，結果是我們大獲全勝。

由於我們是第一次在文現對戰的票數上大幅領先，與其說高興，驚訝感倒比較強烈，使我無法由衷感到開心。當聽眾陸陸續續散場時，聖羅學姊毫不客氣地走到我們面前。

「我無法接受！這是怎麼回事啊！」

「咦？可是比賽是我們贏了，而且規則是會長定的，有問題的話請妳找學生會——啊，會長什麼時候跑不見的？那個冷血的女人！」

「現在是我在跟你說話！看著我！」

「妳……妳在生什麼氣啊？今天我又沒說聖羅學姊像小……」

「響平同學，那句話不能說……！」

「啊！對喔！呃——我……我又沒像上次那樣講話……妳是怎麼了？」

「我也會為了其他理由生氣好嗎！我在質疑的是你的簡報內容！聽好嘍？講到《小婦人》，那可是為兒童文學帶來寫實性的突破之作喲？像是道德方面的主題或是當時的時代背景等等，可以討論的地方多得是！但你卻淨講些什麼角色特質、人物之間的關係或萌屬性什麼的，把這本名著講得好像現代缺乏內涵的娛樂作品……」

「死心吧，方倉同學，願賭服輸。」

一個成年人的穩重聲音，打斷了聖羅學姊的怒斥聲。

原來是高山老師，這位適合留鮑伯頭的圖書教師，對著我與小口同學聳聳肩後，俯視著聖羅學姊說了：

「我在後面座位聽了簡報，這次不管怎麼看都是圖書社贏了。《愛麗絲夢遊仙境》的確是一本優秀的文學作品，但英語的文字遊戲要看原文才會懂，打破了兒童文學的窠臼這點，也必須了解當時兒童文學的實際情形，否則是體會不到的。方倉同學的推薦方式需要很多知識做為前提，所以總是比較難獲得共鳴，雖然內容十分正確就是了。」

高山老師苦笑著說完，目光再度轉向我們。老師先是對我，然後又對小口同學溫柔地笑笑，同時接著說：

「反過來說，圖書社的簡報不從文學價值著眼，而是純粹以自己的價值觀，將有趣之處傳達給眼前的聽眾，對吧？我想你們的這份心意的確傳達給聽眾了，簡報做得很好。」

「謝……謝謝老師……！得到老師稱讚了呢，響平同學。」

「對……對啊，不過被這樣讚賞，還真有點難為情就是了。」

「怎麼這樣……！那麼，至少答應讓我們在舊圖書室自習……」

「我再說一遍，死心吧，方倉同學。圖書室或圖書館，都是純粹用來閱覽藏書的場所，不能答應開放其他用途。」

高山老師講得毫無轉圜餘地，這番話的沉重感與嚴肅，讓原本情緒激動的聖羅學姊猛地一驚，把話吞了回去，不久就平靜地點了點頭。她本身應該是個理智的人，比起被當成小孩子時來說，情緒鎮定得很快。

「——我……明白了。」

「別這麼沮喪嘛，還有，把我的話聽完。我打算在教職員會議上提提看，讓你們在放學後可以使用上鎖的空教室自習。我想應該不會有老師反對，最慢下個月應該就可以用了。」

「真——真的嗎？」

「是啊，身為老師，聽到學生想要可以用功的場所，怎麼可能置之不理嘛。」

高山老師手扠腰挺胸說道。看到聖羅學姊鬆了口氣，高山老師露出微笑，然後轉向我們說：

「這下舊圖書室就確定保留了，恭喜你們，卯城野同學、前河同學。」

「咦？謝……謝謝老師。」

「我們很感謝老師……可是，您為什麼會忽然站在我們這邊？之前不是說不能幫我們說話嗎？」

「因為我畢竟是負責管理圖書室的圖書教師啊，有義務教導學生圖書室的正確用途。另外還有一個原因——可以了～妳進來吧～」

高山老師忽然大聲呼喚某人，接著會議室的門打開，出現一名穿著T恤與運動褲，看起來很健康的女生，她就是上次我在圖書準備室擦身而過的那個女同學。這個一看就很活潑樂觀的女生站到我們面前，用乾脆爽快的口吻說道：

「你們好！我是街舞同好會的冰川！」

「妳……妳好，我是圖書社的前河，她是卯城野小口同學……老師，這是……？」

「嗯，我擔任指導老師的街舞同好會在找練習場地，舊圖書室正好適合他們。因為那裡離校舍有段距離，不會吵到其他同學。所以嘍，下次請你們跟這位同學對戰，加油喔。」

「是！總之先試試看再說，我會盡最大努力的！請多指教嘍！」

接受了高山老師開朗的聲援，冰川同學語氣堅定地說。她那笑容雖然爽朗有魅力，但我只能與小口同學面面相覷。

「好吧，我也在想有可能會變成這樣……是說既然能這樣接二連三認識女生，怎麼就不能立個旗標呢？」

「旗標？」

「沒什麼，是我自言自語。」

第四話

娥蘇拉・勒瑰恩《地海巫師　地海傳說Ⅰ》（岩波書店）

從由綠轉紅的北方山上吹來的風日漸寒冷，迫使我們感受到冬季的來訪，就在這樣的時節，十一月下旬某天放學後，我一如平常走進校舍後面的舊圖書室，看到一如平常地靜悄悄的書架之間，一如平常地套著圍裙的小口同學，正一如平常地專心看書。

她挺直了背脊，將書本托到眼睛與鼻子前面，一雙大眼睛心無旁騖地逐字閱讀。腳下放著貼有「舊圖書室（圖書社）」標籤的箱子，裡面放了幾本老舊的精裝書。每一本書都是我們直到昨天在這裡修補好的，附帶一提，眼前這個女生看得正專心的《哈比人歷險記》也不例外。看來她本來要把修補好的舊書放回書櫃，卻不小心看了起來，就這樣回不來了。

「小口同學～」

「……」

我靠近過去試著叫她，但還是老樣子，沒有回答。看來她完全沒聽見我的聲音，既然如此，就怪不得我了。嗯，這是不得已的。經過一段老套的自問自答後，我乾咳一聲，走上前去，輕輕碰了一下她毫無防備的背部。

「小口同……」

「啊！呀啊啊啊啊啊啊啊啊啊啊啊！」

霎時間，纖瘦的身子重重一震，嬌豔的聲音響徹了舊圖書室。制服外的圍裙擠出皺摺，小口同學的纖細手臂緊緊抱住拿在手上的書以及自己的身體。

還是一樣好性感啊！感激不盡！而且不管看幾次都不習慣！我一邊感到興奮，一邊面紅耳赤地後退。小口同學好不容易才回到現實當中，仍緊緊抱著《哈比人歷險記》，泛紅的臉蛋朝向了我。

「啊！響……響平同學……你……你來了啊。」

「我……我來了……是的。」

被害羞的小口同學影響到，我也心裡七上八下地打招呼。幾乎每天都要來這麼一套代替見面打招呼，現在總算結束了，我把揹在肩膀上的書包放到櫃檯上，拿出一本舊書。書名叫做《紅蠟燭與人魚》，是小川未明創作的童話集。

「妳推薦的這本，我看完了。」

「啊，好看嗎？」

「好看，應該說很恐怖。」

小口同學問我，我邊回答邊走到借書櫃檯裡面，用年代久遠的電腦——畢竟顯示器可是陰極射線管那種，作業系統是十年前的東西，當然也不能連網路——處理了還書手續。

順帶一提，舊圖書室的所有藏書當中，只有將近一半的書登錄在這臺電腦裡，都是兒童文學或名著類。至於其他藏書，誰也不清楚哪裡放了哪些書。小口同學有在一點一點更新清單，但可能還要不少時間……她是這麼說的。

我如果能幫忙最好，偏偏電腦只有一臺。我一面想著這些，一面重新看看《紅蠟燭與人魚》的封面。

「看這本的書名，我還以為是奇幻童話，結果根本就是恐怖小說。文章很帥氣，雖然是舊書但很好看。」

「這本日本近代文學館版，還算新的嘍……還有更舊的版本。」

「是這樣喔？」

我一問之下，小口同學點了個頭，從書櫃上某處拿來一本新書尺寸的褪色舊書。書衣已經不見，暴露在外的封面被光線照得褪成褐色，淡化的墨跡，看得出來寫的書名是《未明童話集 紅蠟燭與人魚》。

「這是一九三八年，也就是昭和十三年出版的富山房百科文庫版。」

「……原來如此，比起這本，我看的那本的確夠新了……是說昭和十三年時，這裡就已經收集到這麼多書了？」

「沒那麼早……這間舊圖書室的藏書原本屬於『北鎌倉文庫』，他們是從戰後的六〇年代起才開始活動……應該是他們開始文庫活動而收集書籍時，某位人士捐贈的吧。除了這本之外，還有幾本也是戰前的富山房百科文庫叢書，我想一定是同一位人士捐贈的。」

「噢，原來如此，所以當時這就已經算舊書了。」

「是的，在這個房間的藏書當中，這些書尤其古老，不過很容易閱讀喔？」

小口同學若無其事地告訴我，我正在看書中以舊假名記載的文體，「咦？」吃了一驚。

「這本妳也看過了？好厲害喔……關於這裡的書，妳真是無所不知呢。」

「就……就跟你說沒這種事了……！我只會看我有興趣的書……也……也有很多書是沒看過的……」

被我用尊敬的眼光看著，小口同學面紅耳赤地低下頭去。這樣一來，她有一段時間會無法好好交談。於是我一面反省一面等她冷靜下來，不久小口同學稍稍平靜了點，拿起新舊兩本《紅蠟燭與人魚》，欣喜地微笑了。

「不過，很高興你喜歡……謝謝你。」

「不，我才該道謝啦，謝謝妳總是為我推薦好看的書。」

「不客氣，最近我漸漸弄清楚響平同學的喜好了喲？你喜歡布下複雜伏筆的故事，但也喜歡技巧性的精緻文章，對吧？」

「嗯，因為我中二嘛。」

「中二？我跟響平同學不都是高一嗎？」

「咦？呃不，我所說的中二，是指喜歡標新立異，品味讓人有點害羞的那種人……不過說到這個的話，我也漸漸摸清楚小口同學的口味了，妳意外地還滿喜歡壞結局的，對吧？」

「……壞結局？你是說悲劇性的結局嗎？我以為我比較喜歡幸福的結局……我看起來像喜歡悲劇……？」

「像。」

我斬釘截鐵地點頭，回答納悶的小口同學。

自從認識小口同學，常跑舊圖書室以來，已經過了約兩個月。起初我心裡只有緊張與不安，但自從戰勝片倉聖羅學姊之後，狀況變得一帆風順。

這是因為負責選書與撰寫簡報原稿的小口同學掌握到訣竅了。負責發表的我也慢慢習慣了上臺——畢竟我本來就很喜歡朗讀——我們就這樣掌握到了大方向，連連戰勝了街舞同好會、文藝社、漫研、將棋社，還有Cosplay同好會或是家電俱樂部等等。我想應該還有其他社團想得到舊圖書室，不過不知是不是覺得沒有勝算而放棄了挑戰，這兩星期以來都沒有安排文現對戰，舊圖書室瀰漫著一股弛緩的氣氛。

附帶一提，由於文現對戰被當成學生會主辦的公開活動，已經舉辦了好幾次，使得舊圖書室與保護舊圖的圖書社多少提昇了點知名度。我們賭上舊圖書室的存亡而戰的事，不知不覺間也變得廣為人知，甚至還有人對我們寄予同情。

前兩天在走廊上有個素未謀面的學長鼓勵我，小口同學也說過忽然有個不認識的老師替她加油打氣，把她嚇得逃之夭夭。

此外，我接受文現對戰的另一個理由——在網路上分享自創小說朗讀影片的羞恥事實，目前還沒洩漏出去。不過這樣正好，不然我可是很困擾的。

而這段期間，我繼續流連於舊圖書室，一邊請小口同學教我舊圖書室的事務，一邊看她推薦給我的各種好書……但這些書大約有三分之二都是壞結局。

像是兒時優秀的天才因為無法適應社會而死去；原本過著幸福生活的熊被賣到馬戲團然後死掉；或是追求自由而脫離群體的山羊被狼吃掉等等。每個故事雖然都值得一看，但我這個好結局與戀愛喜劇的愛好者，看到這些沉重的結尾，心裡還真難受。像小口同學有一次說「也有漫畫喲」輕鬆地推薦給我的書，居然是老夫妻死在核戰中的故事，害我整個星期心情都受影響，現在回想起來都還想哭。

「小口同學，妳喜歡悲劇情節嗎？」

「不……不是的……是因為響平同學說想看比較不幼稚的書，我才……！我想照你的要求選書，結果總是容易選到悲劇。」

「是嗎……」

「就是這樣啊，那我問你，至今我推薦給你的書當中，你最喜歡哪一本？」

「咦？我想想——」

小口同學在櫃檯上探身向前問我，我忍不住別開了視線。她靠這麼近，又天真無邪地抬眼看我，我發現自己的胸口變得一片火燙。

這個女生會怯場，又害羞，而且超級怕生，但不知道是不是造成了反作用力，她一旦跟某個人混熟，跟對方的距離就會意外地近；要是講起喜歡的書本話題，之間更是沒距離。我一面注意不要被她發現我的竊喜與焦急，一面接著說：

「如果問我最喜歡哪一本，那應該還是那個吧，《地海傳說》的……」

「第一集《地海巫師》對吧？」

「答對了。」

我馬上點頭回答小口同學。

娥蘇拉．勒瑰恩的「地海傳說」是以巫術實際存在，巫師是一種正式職業的異世界「地海」為舞臺，描繪大法師格得一生經歷的長篇奇幻文學，全五集。

說是全五集，其實在第四集《地海孤雛》故事就已經完結，第五集《地海奇風》算是外傳。日本是在一九七六年出版第一集，因此這個系列的年齡就跟我爸媽一樣大。聽說這個系列花了很長的時間才完結，我們舊圖書室裡只有舊書，第三集之後的集數就沒有了，所以我是在市立圖書館借閱的。「地海」這個名稱我是從動畫電影知道的，結果一讀之下發現劇情完全不同，讓我好驚訝。

話題回到它的第一集《地海巫師》。故事描述年少的雀鷹因法力天賦受人賞識，在巫師學院邂逅了朋友與勁敵等等，成為了日後的偉大智者格得。

雀鷹曾是一名優秀的學徒，然而他自視甚高，不慎呼喚出了稱作「黑影」的魔物，並讓牠逃走。黑影是雀鷹的黑暗面，也是危險的怪物；為了打倒黑影，雀鷹獨自踏上旅程……這就是故事的內容。「那本書實在太好看了～」我真切地說，小口同學一聽苦笑起來。

「我也很喜歡《地海傳說》，但沒想到你會這麼喜歡。」

「我也沒想到我會這麼沉迷，自己都嚇一跳呢，超好看的。」

「是啊，你重看了第一集好幾遍呢。」

「嗯，看到一開始出現的那首詩都背起來了。」

「『惟靜默，生言語；惟黑暗，成光明；惟死亡，得再生』對吧？這段詩歌我也記得……不過，你為什麼這麼喜歡這本書呢？響平同學你總是轉移話題，不肯告訴我。」

「咦？呃～這個嘛……」

「我來猜猜看吧，是因為有甌塔客，對吧？」

一個直率的大嗓門，突如其來地岔入我們的對話。往聲音傳來的方向一看，一名戴眼鏡、中長髮的女生從書櫃之間無聲無息地現身。她端整的面容浮現出親暱又強勢的笑靨，手裡拿著年代古老的TRPG規則書，拎著裝有好幾種骰子的皮製隨身包，是真中學姊。

好吧，這個人會出現在這裡是沒什麼好奇怪的，但真希望她不要冷不防地插嘴。小口同學好像知道她在，但我根本不知道她在這裡。真中學姊對我露出開懷的笑容，一邊點頭一邊走過來。

「我了解～以我們御宅族來說，怎麼可能不喜歡甌塔客（註：「御宅族」與「甌塔客」日文同音）登場的故事嘛。」

「並不是。」

「地海傳說」當中登場的甌塔客，是主角飼養的小動物的名字。我的確對牠有點感情，牠忽然死掉時我也很難過，但那隻動物與我們這個世界的御宅族，除了名稱發音之外根本沒半點共通之處，我可不會只因為這樣就對作品特別有感情。

「是說原來妳在啊，真中學姊，在就說一聲啊。」

「你這什麼口氣啊，怎樣，是嫌我妨礙你們放閃了？」

真中學姊拉開櫃檯附近閱覽桌的椅子坐下，看看我，又看看小口同學。聽到這句話，我與小口同學面面相覷，幾乎同時開口說道：

「我……我們才沒有放閃……對吧？」

「就……就是呀！我們哪有放閃——太汙穢了，雙葉學姊！對不對，響平同學？」

「啥？呃不，是沒到汙穢那麼誇張，但我只是在聊小口同學推薦我的書……」

「就是啊，我只是在跟響平同學聊我推薦的書。」

「你們這樣就叫做放閃啦，氣氛鬆弛到這種地步，真是……跟我較勁時，你們兩個不是還滿有緊張感的嗎？」

真中學姊誇張地嘆氣。她這樣講，我們又能怎麼辦？我們再次面面相覷。

「因為最近這陣子都沒辦文現對戰嘛～哪有理由緊張？」

「就……就是呀……有時我還會覺得，會長是不是把圖書社的事忘了……」

「嗚哇～好沒警覺心！你們這樣悠悠哉哉的，行不行啊？從使用率來說，舊圖書室仍然岌岌可危，不是嗎？」

「啊嗚！這……這個嘛……」

「……的確是這樣呢。」

代替支支吾吾的小口同學，我老實回答。如同我剛才所說，舊圖書室在校內的知名度稍有提昇，也多少獲得了同情。但說到使用率……並沒有隨之一口氣上昇。

這是因為就算文現對戰中介紹的書引起了學生的興趣，那本書也只有一本，最多不過兩本，所以無法大幅增加借閱數。而且小口同學選的書多是古典名作，並不是只有我們這裡才有。想早點看到的人會去總圖、市立圖書館或書店，結果使得舊圖書室的使用人數完全沒增加。也就是說重大危機還在持續中。

再補充一點，就是這對我來說也不是什麼值得高興的狀況。雖說文現對戰替我磨練了一點膽量，但我仍是個隱性宅，不敢大聲說出自己的興趣或是分享自創小說的事。就連面對應該知道我喜歡什麼的小口同學，我都不敢聊起喜歡的作品，真是窩囊透頂。

聽小口同學侃侃而談，或是看她推薦給我的書然後一起聊感想很開心，我也很希望這種時間能永遠持續下去。聊起書本的小口同學既開朗又可愛，讓我看再久都不厭倦。

所以既然如此，我也希望不要老是讓人家推薦，自己也想介紹些推薦的作品。雖然是有這種想法，但是……我內心嘀咕。

我知道喜歡御宅族那種輕小說或動漫沒什麼好害臊的，也很崇拜真中學姊或小口同學敢於公開自己的興趣，但一講到這方面的話題，我就是會變得難以啟齒。最近我提不起興致創作或分享影片，一直在休息，而且明明被揭穿會讓我很困擾，卻又捨不得刪掉帳號，該怎麼說呢？總之就是一整個窩囊。

然後呢，這個祕密依然被會長握在手裡，所以就算沒安排文現對戰，也不表示能完全放心。我很想設法解決這個問題，但到底要怎麼做才能算我過關？

會長從沒告訴過我們要贏幾場才夠，或是撐到什麼時候就行。被強拉來參加文現對戰時，實在應該好好確認我方的勝利條件的，但現在說這都太晚了。

「……同學？你有在聽嗎，響平同學？」

「咦？啊！嗯，有在聽有在聽。」

小口同學隔著櫃檯叫我，我沒多想就點頭了。看來我在想事情時，她們已經聊到很後面了。見我點頭說有在聽，小口同學盯著我瞧了一會兒，然後與真中學姊互看一眼，嘆了口氣。

「你騙我。」

「……對啦，妳怎麼知道的？」

「看習慣了。響平同學你有個壞毛病，就是總會試圖蒙混過關，但我覺得這樣不太好喔……？」

「你有時候會隨口亂掰，逃避眼前的問題呢。」

「對……對不起啦！我是有在注意，但還是有點改不過來……所以，妳們剛才在聊些什麼？」

「我們在說從明天起就要開始準備校慶了，所以要暫時關閉舊圖書室。」

「校慶？對耶，下週就是了。」

「是呀，我可能會忙著準備班上展覽，所以……」

「小口要忙班上的事？妳會分到工作？」

「咦?是……是的……我被選為執行委員之一……」

看到真中學姊的驚訝反應，小口同學羞怯地，但又有些驕傲地點了點頭。看到學妹靦腆的模樣，「哦～」真中學姊很是感嘆。

「念中學時，妳那麼不起眼、文靜又內斂，讓人搞不清楚這個人到底存不存在，沒想到現在竟然……」

「真中學姊，這樣講會不會太過分了？」

「沒關係的，響平同學，因為本來就是這樣……」

「看吧，連本人都這麼說了。也就是說，小口現在也變得比較會表現嘍?或許是託文現對戰的福喔。」

「也……也許是呢……」

真中學姊對小口同學笑笑，就像在為她高興；小口同學再度露出靦腆的表情。我為她的惹人憐愛感動不已，「校慶啊～」同時一邊咕噥。

我們高中按照慣例都在秋末舉辦校慶，只有這一天校外人士可以自由進出。我聽說像是學生的家屬或當地居民，還有鎌倉一整年沒少過的觀光客都會來訪，變得熱鬧滾滾。在操場搭蓋的舞臺上，整天都會演奏音樂或是上演話劇，又聽說會有很多文藝社團舉辦展覽會或發表活動。順帶一提，我們一年級學生出於增進情誼之類的理由，規定每個班級都必須辦展、擺攤或表演。

「小口同學的班上要辦什麼活動？」

「聽……聽說是『鎌倉文士咖啡館』，好像是要以曾經居住在鎌倉的文學家為名，開咖啡館……」

「哦～以觀光客為客群呢，小口負責什麼？想菜單？」

「我負責寫作家的介紹文，並且將主要作品整理成小冊子……例如芥川龍之介、井上廈、川端康成、志賀直哉、立原正秋等等……」

「黑沼健呢？」

「……他是誰？」

「就是《大怪獸巴朗》還有《空中大怪獸拉頓》的黑沼健呀，在我們這個圈子裡，講到鎌倉文士就是這位作家，名氣很響亮的！」

「你們哪個圈子啊？」

我看著憤慨的真中學姊，覺得很傻眼，我看八成是個很狹窄的圈子。至於小口同學，則是面露傷腦筋的笑容把學姊應付過去，臉上帶著掩飾不住的喜悅繼續說：

「有同學看過文現對戰，說我看過很多書，應該做得來……我有說過自己對一般文藝不熟，婉拒過了，可是……」

「結果還是拗不過對方就對了？順便問一下，前河同學班上要做什麼？」

「法蘭克熱狗攤。」

「嗚哇，擺明了沒幹勁！總而言之，圖書社與舊圖書室要暫時休息到校慶結束嘍？」

「是……是的……不好意思。」

「不用道歉啦，看妳能在活動中有所表現，我也很高興啊。不過，不可以勉強自己喔？小口妳身體很弱的。」

「……我會注意。」

真中學姊親切地關心小口同學，她點點頭。兩人的對話讓我感覺得出她們的長年交情，我心情變得一片祥和後插嘴：

「小口同學身體不好嗎？」

「你看這孩子像是身體很強壯嗎？」

「是不像——啊，小口同學對不起，我這樣講太沒禮貌了。」

「沒關係，因為本來就是這樣……」

「畢竟她是真的身體不好，念中學時還常常發燒呢。」

小口同學苦笑著，接著換真中學姊感慨地述說。我用眼神問小口同學是否真是如此，她害羞地點了點頭。

＊＊＊

後來過了一星期，轉眼間就到了校慶前一天。這天下午為了替明天做準備而停課，但法蘭克熱狗攤沒什麼要準備的，於是我跟班上同學沒事閒聊著，就聽到校內廣播在找我。

「學生會廣播，現在叫到的學生請到學生會辦集合。一年一班，卯城野小口同學、一年三班，前河響平同學、二年一班，片倉聖羅同學、二年四班，真中雙葉同學──」

學生會長旭山扉悠然自得的聲調，依序唸出一個又一個的名字，被叫到的都是些參加過文現對戰的人。我懷著一種不好的預感，前去學生會辦。

「明天上午要在校慶舞臺上舉行文現對戰的團體戰。這次不像之前那樣一對一，而是兩隊各自以簡報介紹書籍，獲得較多觀眾支持的一方獲勝。不限主題，大家可自由選書，務必希望各位能夠出場。」

面對聚集到學生會辦的我、小口同學以及其他參加過文現對戰的人，旭山會長語氣堅定地宣告。她有著一頭微捲的長髮，配上雍容華貴的笑容。這個擁有許多男同學粉絲的學生會長還是一樣可愛，也還是一樣做事唐突。

「再怎麼說都太趕了吧？」

真中學姊如此問她，她似乎正在準備ＴＲＰＧ同好會的展示品，穿著運動服，戴著工作手套。對於她的問題，待在會長身旁的戴眼鏡高瘦女同學開口說：「這是不得已的。」她是學生會的副會長，對我們來說則是文現對戰的第一位對手，名叫楯石理津。

「原本預定明天上午時段表演的一支樂團，忽然說不上場了，聽說是剛才因為音樂理念不同而解散了。」

「啊？怎麼偏偏選在這時候！」

「我也有同感，但既然人家說不願上場，我們也無法勉強。但是讓舞臺將近半小時空著太可惜了，而且考慮到準備或練習的問題，現在要增加表演節目恐怕有困難，所以……」

「所以就決定舉辦看似準備比較不花時間的文現對戰，然後為了早點談妥整件事，而召集了有比賽經驗的人……？」

「是的，正是如此。」

會長肯定了我脫口而出的話，高雅的臉龐浮現出「真高興你反應這麼快」的笑容。

「反正我本來就打算找個機會，用大型舞臺舉辦文現對戰了。秋天是大家公認的讀書季，在這樣的季節尾聲舉辦的校慶，用來為讀書風氣振興運動告一個段落，算是滿恰當的時機吧？還有，這次我也有意參賽，請各位手下留情。」

「哦哦！最終頭目蓄勢待發了是吧？」

「沒那麼了不起啦，真中同學。我與副會長理津都只是用來湊人數，無非是要讓場面熱鬧點罷了。」

「咦，副會長也要上場嗎？」

「是啊，畢竟事出突然。雖說找到了這麼多有參加經驗的人，但有些人應該會因為班級或社團不方便，而無法上場吧。」

「就是啊，我們也是有預定計畫的，而且應該有很多同學要忙發表或辦展。」

對於副會長的發言，一看就知道個性認真的嬌小女孩回嘴道。她就是在《小婦人》那時候與我們對戰過的方倉聖羅學姊。聽到她這樣說，學生會辦瀰漫著一股贊同的氣氛。

好吧，他們的心情我也能理解。聚在這裡的所有人，也就是想得到舊圖書室而報名參加文現對戰的人幾乎都是弱小文藝社團的代表。而對於這種社團來說，校慶是能夠宣傳自家社團的寶貴機會。忽然要他們做簡報介紹書籍，人家當然會感到困擾了。

結果前挑戰者當中，爽快答應出場的只有真中學姊。她說ＴＲＰＧ同好會那邊的事情可以交給社員處理，而且她不想錯過能上臺大談喜歡的書的機會。這種想法很符合她的個性，但是……那我們該怎麼做呢？

圖書社沒什麼要展示的，以時段來說，我也不是不能上場……

聖羅學姊等前挑戰者陸續離開會辦時，我視線看向小口同學，只見圖書社代表輕輕搖了搖頭，我想也是。於是我打算拒絕，但這時會長好像忽然想起來似的，補充說道：

「對了，對於圖書社，我準備了適合你們的條件。」

「——咦？」

「因為難得有這樣的大型舞臺，你們兩位最熟悉文現對戰卻不參加，這樣太寂寞了。因此，這次將是我最後一次請圖書社進行附帶條件的文現對戰。」

「咦？」

「只要兩位在這次比賽中拔得頭籌，我發誓永遠不會公開前河同學的祕密，當然舊圖書室與圖書社也會留下來。這個條件兩位還滿意嗎？」

「……咦，咦，咦咦？請……請等一下！」

聽到這個意想不到的聲明，我把拒絕的話吞了回去。

究竟還要比幾場文現對戰，我們才能完全放心？

一直盤繞我心頭的這項擔憂，沒想到會在這時得到回答。「您的意思是……」小口同學戰戰兢兢地開口說道：

「也就是說，如……如果不能在團體戰獲得優勝，就要按照約定關閉舊圖書室……是這個意思吧……？」

「當然。好了，你們如何決定？」

「這……這樣——」

「我接受！」

一回神才發現，我已經口氣堅決地答應了。雖然要對付會長或副會長很可怕，但我們經驗比較豐富。小口同學的選書與簡報原稿從來沒出錯，而且如果再贏一場就不用擔心受怕，就能守住那個地方與那段時光的話——如果能送小口同學一份放心當成禮物的話——絕不能錯過這個機會！看到我激動地重複一遍：「我們要參加！」會長欣喜地點了點頭。

「謝謝你們，那麼明天上午十點，請兩位到特別舞臺的後臺來。真期待這次的比賽。」

＊＊＊

離開學生會辦，真中學姊說要回自己的社團，我與她告別，然後正要跟小口同學說話時卻僵住了。

小口同學的神情有異，她平常較為下垂的眉毛豎了起來，大眼睛惡狠狠地仰望著我，應該說是瞪我。現在的狀況完全不允許我輕鬆地說：「既然主題自由，那就選《地海傳說》怎麼樣？」這點我明白了，可是……為什麼？小口同學仍定睛瞪著困惑的我，顫聲說道：

「……你為什麼要那樣做？」

「咦，為……為什麼要怎樣——」

「為什麼……！你為什麼要接受文現對戰……！」

小口同學彷彿硬擠出來的聲音，打消了我的疑問，響徹學生會辦前的走廊。第一次看到她發火，使我不禁倒抽一口氣——幾秒後才緩緩開口：

「問……問我為什麼……小口同學也聽到了吧？會長答應比最後這一場就好，只要再贏一次，就不用再——」

「就算是這樣，風險也太高了……！又沒有時間準備！」

「是很趕沒錯，但以往也都是差不多花兩天準備，不覺得沒差多少嗎？況且這次題目又沒有限制……」

「那是平時的情況吧？現在是校慶的前一天！我們班上準備進度落後了！我根本沒有時間慢慢選書或思考簡報！結果你卻……！」

「咦？是——是這樣啊？那妳怎麼不早——」

妳怎麼不早講？

這句話差點脫口而出，我急急忙忙吞了回去。小口同學就是做不到這一點，每次談到什麼話題，她都不敢當場提問，要等到晚點兩人獨處了才偷偷問我，我很清楚她是這種個性。

小口同學應該是從剛才就一直想講，告訴會長這次她沒辦法，請容她拒絕。

但她找不到插嘴的機會，在這中間我又擅自接受比賽，明天的出場就這樣確定了。

如果是這樣……我該怎麼辦才好？該怎麼彌補才對？面對呆站原地的我，小口同學視線低垂，發出細微的聲音：

「如果輸掉……就沒有了……」

「咦？」

「都沒有了……那個房間也是，那段時光也是……全都要沒有了……！」

纖細嬌小的身子發著抖，她口中漏出類似哭聲的聲音。雙眼緊閉，眼角甚至微微泛淚。

為什麼？我的心中響起這個聲音。

我知道小口同學很珍惜舊圖書室，但小口同學此時的畏怯與恐懼，都跟以往我所看過的不同，她為什麼害怕到這個地步？我更加感到困惑，然後心想：「我得做點什麼。」

換言之，我急著想應付掉這個問題。前幾天小口同學也講過我，但我又犯了這個壞毛病，就是那種亂找話講敷衍一時的習慣。後來回想起來，這時候的我實在太差勁了。

「不……不要緊的啦，小口同學！總會有辦法的！」

「……你憑什麼這麼說？」

「咦？不是啦，呃——因為妳看嘛，至今不也都沒怎樣嗎？」

娥蘇拉・勒瑰恩《地海巫師 地海傳說Ⅰ》（岩波書店）

「不是『都沒怎樣』！是我們設法『都撐過來了』……！」

「啊，這樣說是沒錯——可是我說啊……」

「響平同學怎麼能這麼滿不在乎呢？書都是我在選，原稿也都是我在寫的耶！響平同學——不就只是照著稿子唸嗎！」

認識以來小口同學最大音量的怒吼，響遍了整條走廊。

校慶前夕的校內，到處都有學生忙著做準備。小口同學的叫喊讓走廊上來來往往的學生們一齊佇足轉頭，過了一瞬間後，小口同學猛一回神，遮住了嘴。

「對……對不起……！我怎麼能講這種話……」

「不會啦，反正本來就是這樣……」

「真的很對不起！我……我明天之前一定會準備好原稿的……那麼，我得回班上做準備了，再見……！」

也不等我回答——不過就算等了，我大概也講不出什麼好話就是了——小口同學就轉身背對我，快步離去。怎麼了？是感情糾紛、吵架，還是被甩了？類似這種感覺的看熱鬧視線從四面八方刺在我身上，而我則是呆站在走廊上。

無論是選書還是寫原稿，都是小口同學在做，我只負責唸稿子。

這項剛剛才擺在眼前的事實，反覆在腦中迴盪。由於她說的一點都沒錯，我找不了藉口，心裡越來越痛苦。

如果有真中學姊或其他人幫忙解嘲，心情或許還輕鬆一點，但環視四周，沒看到任何一張熟悉的臉龐。我一邊聽著圍觀者竊竊私語的聲音一邊離開，只覺得滿心淒涼，而且窩囊到極點。

等回到教室，我才忽然想到自己忘了問小口同學打算選哪一本書。不過照小口同學的個性，應該會選我知道的書就是了。

＊＊＊

當天回家的路上，我在北鎌倉車站前街上的一家小型古書店門口佇足。

在昏暗的天色中，寫著「文現里亞古書堂」的老舊招牌，以及放在店門口的廉價文庫本，在街燈照亮下顯得好寂寞。

曾幾何時我與小口同學養成了習慣，每當文現對戰前的那個週末，就會與她約在這家店的門口，然後去下個地方開作戰會議，然而最近文現對戰沒有舉辦，我也就很久沒來了。我一邊想起幾小時前斥責我後離去的那個女孩，一邊漫不經心地逛逛店門口的文庫區，無意間一本書映入眼簾，這個作者我知道。

是娥蘇拉．勒奎恩的著作《黑暗的左手》。講到勒瑰恩——雖有「瑰」與「奎」的差別，不過小口同學告訴過我，海外作家的名字翻譯常有不同版本——就是「地海傳說」的作者，但聽說這本書不是「地海」那種異世界奇幻作品而是科幻。我拿起這本封面繪有銀色海膽般物體的書，也不翻閱只是愣愣地看著封面時，店內傳來一個女聲：「哎呀……？」

我抬起頭，向出聲叫我的大姊姊打招呼。她端整乖巧的臉蛋戴著眼鏡，一頭長髮，身體纖細而胸圍雄偉，右手拄著金屬製拐杖。她就是這間古書堂的店長，篠川栞子姊。她是位博學多聞又聰穎的愛書人，而且自從文現對戰第一場比賽的作戰會議時有緣與她相識以來，小口同學就常常找她商量事情。

很遺憾，我不像小口同學跟她交情那麼好，但她好歹記得我的長相與名字吧……我想。難得看到喜歡的作者寫的書，就買下來好了。我如此心想，打過招呼後進入店內，篠川姊目光停在我手裡的《黑暗的左手》上，先是略為環顧一下四周，然後提心吊膽地問我：

「你跟那個妹妹……卯城野小口同學怎麼了嗎？」

「嗯，我不小心惹她生氣了——咦，怎麼會？妳……妳是怎麼知道的？我什麼都沒有說耶！」

「因為你手上的書，是勒瑰恩的著作……」

篠川姊與驚訝的我面對面，指指我拿著的書。恕我失禮，她毫無長輩風範的柔弱態度實在很可愛，但我完全聽不懂她在說什麼。我正大惑不解時，篠川姊皺起眉頭，「呃呃……」結結巴巴地開始解釋。臉皮薄又怕生的篠川姊個性很像小口同學，讓我想起初次見到她時，我曾經覺得她們就像一對姊妹，或是成長前與成長後。

「前……前河同學每次來這裡，不是都跟卯城野同學一起嗎……？可是，今天只有你一個人，而且表情顯得很落寞，所以……」

「啊，原來如此。」

「而且，卯城野同學喜歡的是海外兒童文學或奇幻……說到勒瑰恩在這個文類的著作，就是《地海傳說》對吧？我想前河同學一定是在卯城野同學的推薦下看了《地海》系列，然後就迷上了，不是嗎……？」

「妳……妳說中了……這個系列真的超好看，我也的確迷上了，可是……妳怎麼能猜到這麼多？」

「因為我聽說前河同學也喜歡異世界主題的輕小說，所以覺得卯城野同學很可能會推薦這部作品……你那時跟她相處得很好，現在卻似乎出了問題……所以，你看到勒瑰恩的名字，想起了她而感到難過……我有猜錯嗎？」

「……妳又猜對了，全都跟妳說的一樣。」

我一邊驚嘆一邊不住點頭，雖然我早就知道篠川姊是書籍方面的專家，頭腦又好，但推理能力也太強了。簡直就像「日常推理」小說的主角。

我為此對她欽佩不已，但我不太想把惹小口同學生氣的事當成聊天話題。後來想想，如果這時候我找第三者商量，事情或許就會有不同的發展，然而我這個人就是會亂找話講敷衍一時。因此我拿著《黑暗的左手》改變了話題。

「篠川姊也看過《地海傳說》嗎？」

「看過，我認為它是經得起時間考驗的名著。像是巫術概念上的巧思、龍做為超常種族的存在感……勒瑰恩在描寫龍族對牠們物種的衰老與敗亡的自覺上，相當扣人心弦。此外，每個人在看這部作品時，喜愛的要素也會有極大不同……這部作品最吸引前河同學的部分，該不會是……」

篠川姊微微偏頭，不經意地說出了答案。我一聽到後面的話，第三次被她嚇到，因為她又一次猜得神準。

我既感動又敬佩，同時甚至感到些許畏懼，不停地點頭。我忍不住補上一句：「我連小口同學都沒說耶……！」篠川姊一聽，忽然面露溫柔的笑靨。

「……真羨慕你們倆。」

「咦？羨慕什麼？」

「羨慕你們有朋友可以聊書的話題，互相推薦喜歡的書，請朋友讀過一遍，然後聽聽感想……我在學校沒有交到這樣的朋友，所以……總是我單方面地講個不停。」

篠川姊自嘲地，但又有一些些驕傲地說道。我聽得出她現在有願意傾聽的對象，也能感受到她的喜悅心情。就在我不禁看著她的表情出神時，篠川姊視線轉回我身上，關心地補上一句話。

「所以……」她聲音平靜地接著說。

「這種朋友是很可貴的喔。」

「……我懂。我懂。」

一回神才發現，我重複回答了兩次。

我以為我很明白卯城野同學對我而言有多寶貴，但聽別人這麼一講，我產生了更強的確信。「謝謝大姊姊。」我一邊向篠川姊道謝，一邊發誓明天一定要跟小口同學道歉。

等明天拿到原稿後，我要好好低頭向她賠罪。然後我要做出最棒的簡報，在文現對戰贏得勝利，守住舊圖書室，這是唯一的辦法。

＊＊＊

然而校慶當天，到了文現對戰參賽者的集合時間，小口同學卻沒出現。

當然我也沒收到簡報用原稿，她也沒告訴我要推薦哪本書。在特別舞臺後方，我待在用遮光布代替布幕圍起的一角，正感到憂心忡忡時，真中學姊向我問道：

「小口有聯絡你嗎？」

「沒有，我有打電話，也傳了簡訊，但她都沒回我。」

我看著手機螢幕，語氣軟弱地回答。真中學姊跟會長還有副會長你看我，我看你，搖搖頭像是在說：「這下傷腦筋了。」

可能因為難得有這種大舞臺的表現機會，就連平常打扮比較隨性的真中學姊，今天也把制服穿得整齊筆挺；會長穿的是時尚禮服；副會長楯石則是一身褲裝。三位盛裝打扮各有花樣的美女學姊站在一塊，本來應該相當養眼，但我現在完全沒那心情高興。

小口同學是不是真的在生氣？

呃不，她一定是在生氣沒錯，但是會氣到蹺掉今天的文現對戰嗎？從剛才到現在，我已經不知道拿這問題問了自己幾遍，就在我心裡直嘀咕時，副會長悄悄開口：

「前河，我想你應該知道，我們不能延後比賽，舞臺接下來的節目表都排滿了。」

「……是，我明白。」

「你說你明白，那你打算怎麼辦？以往都是小口當軍師，前河純粹只是前衛吧？你打算一個人上場？」

「嗚，這個嘛……」

「我……我來晚了……！」

就在我支吾著無法回答真中學姊的問題時，忽然間，一陣虛弱的聲音岔入我們的對話。我忍不住轉向聲音傳來的方向，只見一名嬌小的長髮少女撥開遮光布現身。

這件衣服應該是班上擺攤的鎌倉文士咖啡館的制服吧，她穿著古色古香又摩登的女僕裝，但我不會認錯人。

「等妳好久了，小口同——」

我欣喜若狂地正要叫出聲，卻一下子說不出話來。

小口同學的樣子不太對勁。

她原本白皙的臉龐變得鐵青，天氣不熱卻在冒汗，身子隨時可能不支倒下。不用問也知道，她身體很不舒服。

看到這意想不到的發展，連會長、副會長與真中學姊都倒抽一口氣。總之我先讓小口同學就近在圓凳上坐下，壓抑著不安情緒問她：

「妳怎麼了，小口同學……？妳還好嗎？」

「對不起……我可能，不是……很好……」

小口同學用斷斷續續的微弱聲音，解釋了她的狀況。

她說鎌倉文士咖啡館昨天一直準備到很晚，回到家時已經快過半夜十二點了。她想打起精神寫文現對戰的原稿，但一坐到家裡的桌前就發起高燒昏倒，直到早上才清醒。她今天強撐著上學，但果不其然，一換上制服身體狀況又變差了，就在保健室躺到剛才。雖然她覺得有好一點，可以下床了，但燒還沒退，身體也很沉重……

真中學姊聽到這件事，「我就說了吧。」低喃道。

「班上準備本來就很累了，還要努力準備文現對戰，騙自己還能撐也是有限度的。所以我不是叫妳別勉強自己嗎……簡報用的原稿呢？」

「我……我沒寫……對不起，響平同學……！」

「不不不不，妳不該跟我道歉的，小口同學！該道歉的是我！我完全不知道妳這麼勉強自己——」

「抱歉你們正忙時打擾你們，但時間快到了。」

我正慌張失措地說著時，一個柔和卻又具有威嚴的聲音岔了進來，原來是會長。這位身穿時尚紫色長禮服的美女學生會長，先是憐惜地看看小口同學，然後簡短地問我們：

「圖書社打算怎麼做？」

「欸？什麼怎麼做……」

「我的意思是：要退出文現對戰就趁現在。我也不是鐵石心腸，不會說你們不戰而敗的……」

會長用語氣與態度叫我們不要勉強，看著小口同學與我。她說這樣不算不戰而敗，的確是求之不得，感謝都來不及了。

可是……我心想。

如果我現在放棄比賽，結果以後還是要面對這個問題。這樣今後還是要繼續擔心，而且……沒錯。我猶豫了片刻之後開口：

「……我願意上場。」

「咦？」

「哦……？」

「哎呀。」

「響平……同學？」

會長她們訝異的聲音重疊響起，我一邊覺得她們會有此反應很正常，一邊轉向小口同學說：

「昨天小口同學對我那樣說，點醒了我。的確，我一直以來都只會唸稿子。雖然有時會即興朗讀，或是加一點自己的說法，但都是因為有小口同學的原稿，有小口同學幫我打理好一切——因為有小口同學在，我才能辦到。結果我卻……卻誤以為一直以來，是靠我自己與小口同學的力量贏得比賽的。」

「怎麼說是誤會呢……不是這樣的，響平同學……！憑我一個人什麼也辦不到，昨天我講得太過分了……！」

「可是，之前我的確都把工作塞給妳了。雖然我一直都很清楚——雖然我應該更早明白到這點，總之昨天我重新有所體會，痛切感受到了。所以——所以說，希望今天妳能讓我上場。」

「……咦？」

「否則我覺得，我還不了這份人情——還不了妳的恩情……！」

我定睛注視坐在圓凳上的小口同學，平靜而堅定地說道。可能是被我的語氣嚇了一跳，也可能是身體狀況又惡化了——只希望不是如此——小口同學睜大雙眼陷入沉默，一會兒後靜靜地點頭。

「我……明白了，那就拜託你了。」

「謝……謝謝妳！我絕對不會輸的！」

「這個場面是很帥沒錯啦~可是真的沒問題嗎？真要說起來，你有書可以介紹嗎？要現在能立刻拿得出來的書才行喲。」

真中學姊皺著眉頭問我，我一轉頭就立刻回答：「有！」因為太過亢奮的關係，我回得很大聲。

「我有！小口同學推薦給我一本書，我看了超級感動，看了好幾遍！那本的話我可以臨場發揮，也可以做簡報！」

「你說的該不會是……」

「沒錯！就是《地海》系列第一集，小口同學！那本舊圖書室裡有，現在去拿應該還來得及！」

我幾乎是打斷了小口同學的詢問，握著拳頭堅決地說。沒錯，一開始簡報內容全都是小口同學想的，但在《小婦人》時，我也請她加入了很多我的看法。而且「地海傳說」是我非常喜愛的書，不可能介紹不來！

我熱切地點頭，真中學姊看我這樣好像很擔心，原本想要開口，但後來還是沒說什麼，與表情相同的會長、副會長交換眼神。她們欲言又止的態度令我很在意，但現在沒時間問個清楚。我再度轉向小口同學，為了鼓勵這個女生與我自己，點點頭說了：

「看著吧，小口同學！」

「……好的！」

＊＊＊

……後來發生的狀況，我不太願意去回想。

太慘了，慘到不能更慘。

首先一上臺，我已經失去了自信與氣勢，馬上開始後悔。我以為我已經習慣了文現對戰的氣氛，然而不安的感受差多了。沒想到一個人登上的舞臺——沒有小口同學陪伴的事實——會這麼令我擔心害怕。

由於場地不像平常是學生會會議室而是校慶用特別舞臺，無論臺上空間還是觀眾席都特別大。舞臺正中央擺著講桌，出場者坐在左右兩邊。從觀眾席來看，右邊是會長與真中學姊，左邊則是我與副會長。

觀眾席大約坐滿了七成，雖然幾乎都是學生，但也混雜了些明顯不是校內人士、來自校外的遊客。所有人都在看著我們。

面對從未感受過的壓力，我差點呼吸不過來。會長站在講桌前駕輕就熟地針對文現對戰進行解說，但她的聲音我卻聽不進去，左耳進右耳出，腦子完全無法吸收。

講著講著，發表順序決定好了，一回神時已經輪到了我。我是第三個，在我之前會長與副會長應該已經做完簡報，我卻毫無印象。看來我忙著恢復鎮定時，已經過了很長一段時間。

「輪到你了喔。」副會長不安地催我，我迷迷糊糊地走向講桌。我把拿在手裡的書放到桌上，重新轉向觀眾席──然後就在這一刻，腦袋變得完全空白。

該照什麼順序來講，又該如何強調哪些重點？

我明明有想好大致流程，卻忘得一乾二淨了。

沒有可以唸的原稿，身旁沒有搭檔支援我，居然會如此令我不安，覺得無依無靠。

到現在我才注意到這點，但實在太遲了。我發現臺下觀眾見我成了啞巴，開始產生騷動。會長、副會長與真中學姊她們也顯得很不安。

「前河同學……？」

「喂，你怎麼了？還好嗎？」

「已經開始嘍，好啦，快講點什麼。」

「咦？啊，好的！呃──這個──我……我呢──有了！我……我之前在網路上偷偷分享自創小說的朗讀影片。雖然有一陣子沒做了，但捨不得刪掉帳號……」

在真中學姊的催促下，我急忙開口，脫口講了些莫名其妙的話。

既沒有自我介紹，也沒講出書名，這種簡報一定讓臺下聽眾一頭霧水，但我也跟他們差不多。

我在胡說八道什麼啊，我怎麼講出這種話來啊——！

然而，我即使想改變話題或是重新來過，嘴巴卻先動了起來，不知所措地東拉西扯。小口同學也糾正過我這種壞習慣，就是情急之下亂找話講，試圖敷衍一時的毛病又犯了。焦慮的心情與自我厭惡形成惡性循環，只有話題越扯越遠，我繼續發表沒人想聽的報告。

我說我是個看了都丟臉的隱性宅，中學時期，朋友看輕小說被人嘲笑時，我非但沒跟他一起反駁，反而還幫著其他同學調侃他。這件事導致我變得不敢說出自己的興趣，而這樣的自己看了「地海傳說」，內容深深撼動了我的心——

「呃呃，在《地海傳說》做為舞臺的世界也就是地海，有個概念叫做『真名』。它的意思是：天地萬物，包括人或是動物，都有個隱藏起來的真正名字，只要知道真名就能支配對方。因此故事當中，人們只會對真正親密的朋友說出真名……這個設定深深打動了我的心，連我自己都嚇一跳。在奇幻作品中，常常可以看到有無真名之類的設定，但光是互相告知自己的名字，就能證明兩人之間有著深厚友誼，這點我覺得很帥……也很羨慕。我會這樣想，可能是因為我很想要一個朋友，能讓我坦白說出自己的興趣，說出自己喜歡什麼，是什麼樣的一個人——」

我受到《地海傳說》吸引的最大原因，至今就連小口同學都沒聽說——而在昨天被篠川姊神準猜中——現在，我卻一五一十全講了出來。

「在這個世界裡，報上真名或是名號，等於捨棄過去的自己。在書中的一個場面，格得對女主角說『妳不能同時當兩個人』……啊，這是第二集的內容，我是說在這個場面裡，女主角被迫面臨嚴酷抉擇，但我卻很羨慕她……覺得能夠自己選擇要做哪種人真好。明明並沒有人在逼我，也不是說出興趣就會沒命。一發現到這件事實，我覺得自己好笨，既然如此，坦然面對不就得了？可是到頭來，我還是踏不出第一步……還有，這本書裡的時間過得很快。不過也可能是因為我看輕小說系列作看習慣了，才會覺得特別快。不只如此，劇情發展還滿殘酷的，或者該說不露感情，起初有個角色，讀者會以為是主角的勁敵，結果長大成人之後根本不怎麼樣，而且這種情節又描述得輕描淡寫……看到這種情節，我會覺得『對啊，時間就是會不斷流逝』而覺得很感傷……而且——」

我笨拙地、漫無條理地講個沒完。

雖然勉強有提到《地海傳說》，但這根本不是什麼簡報，不過是丟人現眼的獨白罷了。我很清楚這一點，卻無法不拿「地海」當題材大談自己的經歷。

我講到細心架構，深沉厚實的魔法體系，以及兼具超越性與寂寥感的龍族存在感等等，這種精深雄厚，帶有奇幻風格，黑暗又沉重的世界觀——我本身愛得要命，但換個觀點可能會有人覺得是中二病，或看了都不好意思的世界觀——在這部作品中確實存在，而且長年以來受到盛讚，讓我知道之後非常高興。這部作品彷彿告訴了我「這種設定並不丟臉，可以光明正大地喜歡」，讓我好放心。我雖然還是覺得自己創作小說並上網分享是一件丟臉的事，暫停了好久沒碰，但先不論這些，總之我再次確定，自己果然還是喜歡這種世界或設定……

「還有，最強的敵人原來是自己的影子，這個設定也很棒……主角因為自大而不慎製造出自己的分身，必須長久揹負起自己過去惹出的危險；我覺得主角的這種人物塑造很棒，但最棒的是最後他與『黑影』做個了斷的方式。不是擊敗自己內心羞恥的一面、壞的一面或是黑暗面，而是接納合為一體……這個部分真的很帥……」

講到這裡，我立即發現我洩漏了結局。就算是古典名作，也絕不能在簡報當中洩漏劇情。我正想設法改變話題時，無意間，看到了坐在觀眾席一隅的嬌小女同學。

那個嬌小的黑髮少女穿著日本傳統女侍般制服，頭暈目眩地看著我。是小口同學，我發現自己一直到現在才注意到她，由衷對自己感到傻眼，然後嘴巴又擅自動了起來：

「呃呃——這本書是一個愛看書的女生推薦我的。她很喜歡看書，一開始閱讀就會停不下來，也很喜歡聊自己愛看的書……那個女生讓我知道，聊喜歡的書本話題有多開心——互相推薦好書有多開心。我很羨慕她，而且想向她報恩，可是總是白費力氣，應該說昨天那件事怎麼想都是我不好，所以我第一件事必須先跟她道歉……」

「——時間到。」

冷靜響起的一個聲音，斬斷了我沒完沒了的報告。「咦？」我往聲音來源一看，只見會長手拿計時器嘆氣，正在聳肩。

看來我好像在不知不覺間把時間用完了。我慢了一拍才回過神來，同時悔不當初。太慘了，這段簡報實在太慘了。

我現在才發現自己既沒有像平常那樣切換聲音，也忘了朗讀推薦的場面，但這還不是最大的問題。

我不懂我為什麼要忽然自己暴露出隱藏已久的祕密，而且簡報的大半內容都是我個人的獨白，然後好死不死又洩漏了故事結局。

——我做了什麼啊。

我回到座位，心情沮喪，但一切都來不及了。後來真中學姊發表完畢，投票的結果不用說，我的簡報是最後一名。

＊＊＊

「對不起！」

「對不起……！」

文現對戰結束後過了一會兒，舊圖書室遠遠可以聽見特別舞臺正在演奏的音樂。我與小口同學在悄然無聲的書櫃之間，一遇到對方，兩人同時卯起來道歉。

我們並沒有約在這裡碰面；我是因為自我厭惡，想一個人獨處而來到這裡，沒想到小口同學先來了，坐在椅子上等我。可能是在觀賞文現對戰時身體狀況好了點，小口同學臉色看起來比剛才紅潤。她面對剛進來圖書室的我，歉疚地連聲說道：

「真的很對不起，我應該早點告訴你我沒準備好原稿……這次落敗都是我的責任。」

「不，不對。」

我走到小口同學跟前，斬釘截鐵地反駁，現在該道歉的不是她。

「怎麼想都是我不好！我得意忘形地一個人上場，做出那種令人無言的簡報……會輸是當然的了，真的很對不起！對不起，我輸了！都是我害的……」

「……請別這麼說，響平同學。」

這次換小口同學打斷我了。

溫順、文靜但堅毅有力的一句話，使我的辯解戛然而止。差點就要磕頭賠罪的我抬起頭一看，只見小口同學堅強地微笑，站起來看著我。

「別再在乎什麼輸贏了……無論是書籍還是書評，都不該硬要分個高下。至少我是這麼覺得的，響平同學你呢？」

「咦？我也是這麼覺得沒錯……可是……」

「真的，我已經不介意了。觀眾看了今天響平同學的簡報，一定會對《地海傳說》難以忘懷。就算響平同學說的那些沒能傳達給觀眾，至少他們應該會知道，這部作品能夠讓一個人如此喜愛。只要能讓更多人認識我喜歡的書，我就已經……心滿意足了……」

「小口同學……」

「看到響平同學那麼努力，我已經很高興了……我是說真的。所以，請你別道歉。所以——謝謝你。」

細小溫柔的聲音靜靜地響起。

既然我在文現對戰中吃下敗仗，這間舊圖書室將會被撤除，館藏也會遭到廢棄處分。小口同學應該很清楚這一點——她自己應該比任何人都痛苦——但她卻拚命試著安慰我。她的溫柔體貼使我無言以對，只能專心聆聽她說的話，然而漸漸地，小口同學的聲音開始變得斷斷續續：

「該道歉的是我……雖然響平同學說過……《地海傳說》這部作品是別人推薦給你的，想報答那個推薦者的恩情……但真正該報恩的，是我才對……因為，我一個人的話什麼也辦不到……可是，因為有響平同學在……我才……！」

她的聲音中開始挾雜著嗚咽，「咦……」我心頭一驚的同時，大顆淚珠從小口同學的眼眸中滾落。這可能引來了更多淚水，小口同學皺起一張臉，哭了起來。

不用說也知道，我變得不知所措。一直拿在手上的「地海」第一集，啪沙一聲掉在地板上。

「妳……妳還好嗎？」

「對……對不起……！一想到舊圖書室要沒有了，我就好寂寞……」

「也……也是啦。小口同學有說過，這裡是妳唯一能獨自安靜看書的場所嘛。」

「不是……這樣……」

「……咦？」

「這間舊圖書室，的確是我最寶貝、最喜歡的地方……！可是，我在這個房間裡，跟響平同學聊書本話題聊得好開心……真的好開心……想到再也不能像以前那樣了，就覺得好難過……！比起以前我聽到舊圖書室要關閉時，難過了好幾倍……好幾十倍……！」

小口同學不時發出抽咽，大顆淚珠不停滾落。面對她的這副模樣，我蠢笨地呆站原地。一方面是因為我不知道遇到這種情況時該怎麼辦，但更令我意外的，是小口同學所說的話。跟我聊天很開心？

「該……該不會昨天我說要接受比賽，小口同學那麼生氣，是因為……這個理由？」

「是……是的……！當然看書是我的興趣，現在也一樣喜歡……可是，我發現推薦喜歡

的書然後聊天，比自己看書更開心……！因為我推薦的書，響平同學都會認真看，還會告訴我感想……以前，我從來沒有過這樣的朋友……所以我真的好高興……！這本書響平同學會不會喜歡？這本你可能會不愛看，但我還是想推薦……考慮這些事情都讓我覺得好新鮮，好有趣……所以，一想到那段時光快要沒有了……我就……就……！」

可能是不願讓我看到痛哭的表情，又或者是激動到不能自己，小口同學用手擦眼淚，依偎到我懷裡。

她將臉用力貼在我的胸前，我一邊感覺到眼淚沾濕了襯衫，一邊想起昨天篠川姊對我說過的話：

——這種朋友是很可貴的喔。

她那又是羨慕，又像開導的穩重語氣重回心頭。

小口同學對我來說真的就是「這種朋友」，沒想到小口同學似乎也將我當成一樣的朋友。

這項事實很令我意外，不過仔細想想，小口同學跟篠川姊屬於同一類型的愛書人。能夠聊書本話題的朋友，以及能夠促膝長談的場所有多重要，她一定比我更有實際感受；而我竟然連這點小事都沒察覺，我一邊為自己感到丟臉，「我也……」一邊不禁脫口而出。

「我也——我也是啊。」

我覺得我們是一樣的，正因為懷抱著同樣的心情，我才會流連於舊圖書室，也才會參加這麼多場文現對戰。

沒錯，能跟可愛女生在安靜的空間獨處，光是這個情況就夠令人心花怒放了，這點我不否認。

但更重要的是，跟小口同學聊天真的很開心。讓一個知識豐富，對書本有愛有感情的人向我介紹我不知道的文類、我不知道的作家與我不知道的作品，是多麼快樂的事——還有一起討論感想有多快樂，我在這兩個月體會到了。

如果可以，真希望我也能找個機會，在這裡光明正大地推薦我喜歡的書；然而，這間圖書室就快要沒有了，全都多虧我得意忘形，自以為是。

一時自大造成了無法挽回的悲劇。我覺得這種狀況簡直就跟格得一樣，但我沒那位偉大智者那麼有能耐，因此事到如今，已經沒有任何辦法可以挽救了。無處宣洩的羞恥，以及對懷中少女的歉疚超過極限，我伸手到小口同學的背後抱住她。

我的手指碰到了小巧的背部，但小口同學並沒有甩開我的手。我就這樣緊緊擁抱小口同學——本來是這麼打算的，但就在前一刻，一個聲音叫住我們：

「……是不是打擾到兩位了？」

「嗯？啊，哇，會長！副會長跟真中學姊也來了！」

「咦？啊，啊啊！」

不知道是什麼時候跑來的，熟識的高年級女生三人組在門口看著我們。我與小口同學反射性地拉開距離，紅著臉別開視線。看到小口同學臉上留下清晰的淚痕，真中學姊苦笑：

「小口，妳臉都哭花了喲。」

「不……不好意思……」

「不不不！小口同學即使是哭臉也很可愛的！」

「咦？響……響平同學……？」

「你怎麼沒事似的講出這種話來？」

「啊！我又一時衝動說溜嘴了——是說，各位學姊有什麼事？就算要關閉舊圖書室，也來得太快了吧？至少等到校慶結束再……」

「我說呀，真要說起來，誰說今天比賽落敗就要廢除舊圖書室了？」

會長落落大方的聲調，蓋過了我的請求……咦，什麼意思？會長站在困惑的我與小口同學面前，撿起掉在地板上的「地海傳說」第一集，臉上浮現微笑，同時背誦出一首熟悉的詩歌：

「『惟靜默，生言語；

惟黑暗，成光明；

惟死亡，得再生：

鷹揚虛空，

燦若明兮。』——

前河同學，你知道這首詩吧？」

「咦？那……那是當然……就是出現在這本書一開始，以及最後章節的詩歌吧？」

會長能背出這首詩讓我有點驚訝，但這首詩又怎麼了呢？我不懂她的用意，與小口同學面面相覷；會長好像有些傷腦筋，搖搖頭說：

「我也很喜歡這個系列，特別是開頭這首詩令我印象深刻，念小學時就背起來了。」

「是……是喔……」

「如同這首詩所歌頌的，想要傳達的重要想法，是不用特地化為言語也能傳達到的。所以，我以為你們會了解我的想法，看來似乎是沒傳達到呢。聽好嘍，昨天你們問我『如果不能在團體戰獲得優勝，就要按照約定關閉舊圖書室，是不是這個意思？』，我回答『當然』。那句話的意思是『當然不是』。」

「……咦，咦？」

「……什麼？」

「你們兩個在發什麼愣？聽好了，你們想想看，如果是上個月之前，舊圖書室還沒有什麼知名度，倒還無所謂；然而經過多場文現對戰後，舊圖書室的存在逐漸為大家所知，也有不少學生對圖書社寄予同情。在這種狀況下關閉舊圖書室看看，想也知道學生會肯定會引來反感。」

副會長楯石學姊語氣冷靜地解釋給我們聽。好吧，經她這麼一說，或許的確是如此，可是……我愣愣地呆站原地，身旁的小口同學顫聲說：「那麼……」不知不覺間，她的淚水完全止住了。

「無論是舊圖書室還是這裡的書，全部都能維持現狀了……？」

「是的，正是如此！透過書評簡報提昇大眾對圖書與閱讀的興趣，這項活動的目的已經逐漸達成，況且在這個狀況下，我不認為關閉收藏大量昔日名著的舊圖書室，能夠帶來什麼好處。再說，前河同學，你在文現對戰的舞臺上，不是自己暴露了祕密嗎？所以我不能再用那個祕密威脅你了。」

「原……原來如此……呃，不對不對不對，這樣不太對吧！既然會長無意毀掉這裡，那昨天幹麼用那種語氣講話啊！妳剛才還引用詩歌講得好像很帥，但妳昨天那樣說聽得懂才怪啦！」

「當然是想替文現對戰增添緊張感呀，我是希望你們能誤會沒錯，但沒想到前河同學會被逼成那個樣子，你心靈會不會太脆弱了？」

「不用妳管啦！」

「請……請您不要責怪響平同學，會長……！先別說這了，總之，真的——這裡真的可以保存下來，對吧……？」

「是的，恭喜妳，小口同學。我永遠站在可愛女生這一邊，不會傷妳的心的。」

「明明就企圖強迫小口同學加入學生會任由自己褻玩……」

「前河同學，你有說什麼嗎？」

「不，沒有。」

被會長用落落大方又不失魄力的笑臉看了一眼，我即刻搖頭。雖然我很想一吐為快，總之現在可不能惹惱了學生會長。「真是太好了呢～」真中學姊笑了。

「不過啊～不管有什麼樣的理由，前河同學剛才的簡報都太糟糕了，妳不覺得嗎？」

「的確是很難看呢，如果只能做那種簡報的話，圖書社與舊圖書室或許還是該廢止呢，嗯。」

「咦，咦——」

「請……請等一下，會長！妳怎麼又這樣——」

「因此，我決定廢止圖書社與舊圖書室，將其改為『文現對戰社』與社團辦公室，准許你們繼續活動。活動內容為舊圖書室的管理營運、閱讀及振興閱讀風氣。這麼一來，我籌辦

娥蘇拉・勒瑰恩《地海巫師 地海傳說 I》（岩波書店）

獨創比賽以圖振興閱讀風氣，就留下了傷痕……更正，是做出了實際成績。好了，兩位意下如何？」

會長再次詢問差點沒陷入恐慌狀態的我們，看到她滿意的表情，再加上真中學姊微笑著像是在說「跟事前商量的一樣呢」，還有副會長一副拿她沒轍的模樣，看樣子這次不會再有急轉直下的發展了。

如果是這樣的話，我心想。

不用問我們有什麼意願，她說只是換個名字，就表示一切都還是跟之前一樣。也就是說，剛才小口同學哭著以為即將失去的事物，全都會留下來。這個場所以及這段時光對我而言一樣寶貴，而它們今後仍會維繫下去！一想到這裡，我與小口同學一秒不差，同時看向對方。

「恭喜妳，小口同學！」

「謝……謝謝——呀！」

「太棒啦啊啊啊啊！恭喜妳！真的恭喜妳！」

我不壓抑激動的情緒，把小口同學——這次終於——緊緊擁進懷裡。

我歡天喜地的緊緊抱起小口同學，小口同學的纖細手臂抓住我的身體。

全副感官品嘗著柔軟觸感、輕盈體重、溫暖體溫與芳香——簡而言之就是感受著頂級幸福，我緊緊抱著小口同學不放。

「……可……可以放開我了啦，響平同學……！好難受，而且好難為情……！」

「對……對不起！」

然後，大約過了半年。

舊圖書室確定即將關閉，所有館藏也將遭到廢棄。

第五話

麥克・安迪《說不完的故事》（岩波書店）／

鎌池和馬《魔法禁書目錄》（電擊文庫）

我前往放學後的舊圖書室，看到小口同學身處於向來不變的靜謐氣氛中，在櫃檯裡盯著舊電腦。

她大概還不習慣打字，不規則地敲鍵盤的聲音噠噠地響起。櫃檯上堆起了兩座書山，一座是已輸入清單的書，另一座是接下來要輸入的書。我把書包放在櫃檯邊，穿起掛在架子上的圍裙。

「我來晚了，班會拖得有點久……這疊已經建檔完了對吧？我可以拿去書櫃放嗎？」

「謝謝，麻煩你了。」

小口同學停下手邊工作，抬頭看著我露出笑容。她那笑容一如平常地秀氣、內斂又溫柔，而且充滿親切感，簡而言之就是可愛得要命；卻無法隱藏起鬱鬱寡歡的心情。我俯視著蒙上一層悲傷陰霾的小口同學，心想：可想而知。

從校慶之後過了五個月，我們升上了二年級。

這就表示我那次告白說出了現在進行式的黑歷史後，過了約莫半年。不過說到我有沒有因為那場可恥獨白而受折磨或傷害，說真的完全沒有。好吧，班上同學聽到我那場告白，多少是有挖苦我一下，但並沒有改變跟我相處的方式。

原來我一直沒發現，其實從我整天參加文現對戰時起，大家就已經把我當怪人了，所以我這個怪人就算有在寫小說或是上網分享，大家好像也不意外。聽到這件事，學生會長溫柔地說：「我早就知道會是這樣了。」我看絕對是騙人的。既然是這樣，我那麼努力參加文現對戰到底是為了什麼？雖然不禁有這種疑問，不過好吧，結果沒事就好。

附帶一提，朗讀分享用帳號還是擱著沒動，自創小說也還在暫停。別人問我原因時，我回答透過參加文現對戰，接觸了古今名著好文，重新明白到自己的差勁與不足之處，所以目前沒有創作動力……但其實我覺得似乎不只如此。

真要說起來，我以前想做的事到底是什麼？今後又有什麼想做的事？這些我都搞不太懂。讓真中學姊來說的話，好像就是：「誰都是這樣啦，慢慢找就好。」

然後順便講一下，就是我還是不敢跟親近的人……應該說跟小口同學光明正大聊自己的興趣。小口同學老是跟我說：「每次都是我在推薦，偶爾你也可以告訴我一些你覺得好看的書呀。」

好吧，總之就是這樣，即使多少還有些問題，我們圖書社也就是現在的文現對戰社，目前都還算風平浪靜。舊圖書室的閱覽人數即使增加得很慢，畢竟還是有在增加；雖然人數少，但總會有一些學生對古典名作有興趣，而且希望能不受打擾默默看書。

然而……

一星期前，就在新學年度開始後不久，舊圖書室確定要關閉了。

並不是我們在文現對戰中落敗。

真要說起來，自從校慶結束後，我們就沒進行過以這間屋子為賭注的文現對戰了。不是升上三年級的會長蠻不講理或擅作主張，更不是高山老師說不需要舊圖書室了。舊圖書室之所以決定廢止，是因為一個始料未及，而且我們束手無策的理由。

就是耐震強度。

新學年開始沒多久，學校進行了全校規模的耐震測試。這樣做是為了確認大地震再次發生時，校舍能否承受得住，有危險的設施就要做補強或拆除。當然舊圖書室也是測試對象之一。

這間舊圖書室從校舍本棟尚未重建之前就已經悄悄存在，是相當古老的建物。據高山老師所說，它是在政府因應阪神大地震重新制定耐震指標之前建造的。這種設施自然不可能被放過，調查結果果不其然，不合標準。

雖然聽說它的地基打得夠穩，只要進行耐震補強工程就還能使用，但舊圖書室並非學校的正式設施。只不過是部分學生在悄悄營運，換個說法就像同好會的社辦。學校自然不可能為了這樣的場所挪出工程費，於是舊圖書室確定將從這個月底——也就是下星期——開始動工拆除。

藏書全數廢棄，書櫃與櫃檯等等連同建物一起拆除。這就是校方給我們的結論。

學生會長與副會長真摯地向我們賠罪，說很抱歉事情變成這樣。她們有跟高山老師一起找校方商量過，希望最起碼能留下藏書，但對方說校舍本棟沒有那種多餘空間。

還有，耐震補強工程的費用需要兩百萬圓，實在不是兩個小高中生拿得出來的金額。

這麼一來，我們已經沒有任何辦法能爭取留下舊圖。小口同學似乎受了相當大的打擊，不過她很快就鼓勵自己振作起來，持續進行尚未完備的藏書清單建檔工作。她說她並不認為舊圖關閉前能完成，但至少希望能留下一份紀錄，讓人知道這裡收藏過哪些書籍——聽到她這樣說，我再次對她產生了敬意。真是個堅強的人，不像我只會難看地跟會長或老師哭訴：「就沒有辦法可想了嗎？」然後消沉了整整兩天。

我一邊漫不經心地想著這些事，一邊把書放回書櫃上擺好。之前原本慢慢有人變得常來這裡看書，但可能因為確定即將關閉，閱覽者最近都不太來了，一直沒人上門，靜悄悄的。

我抱了一大堆尚未建檔的書回到櫃檯，將一座新的書山沉甸甸地放在櫃檯上，看看跟電腦一樣老舊的印表機旁邊，只見那裡有一疊用夾子挾住的紙，大約兩公分厚。書名、作者姓名、出版社與出版年份等項目，在長方形直排表格中整齊排列；那是已經建檔完畢，列印出來的清單。

「這個可以借我看嗎？」

「請儘管看，希望響平同學也能將這裡的藏書記在心裡。」

「嗯，那我不客氣了……」

我在櫃檯內小口同學身邊的椅子上坐下，伸手拿起清單。

我一張張翻閱，目光掃過成排文字。《名偵探福爾摩斯》、《小婦人》、《紅蠟燭與人魚》還有《地海傳說》……至今在文現對戰中使用過的書，或是小口同學推薦給我看的書名自然映入我的眼簾，不過沒聽過的書多得多了。

「……這樣整個看起來，我看過的書實在太少了呢。」

「我也是，所以，至少我想記住這裡有過哪些書……不過要全部輸入完畢，恐怕已經是不可能的事了。」

聽到我嘆氣，小口同學苦笑起來。她停止打字，轉動附滾輪的椅子面對我抬起視線。一雙大眼睛珍愛地望著春日午後陽光射進來的圖書室，小巧嘴唇脫口說出感慨萬千的話語：

「我會想到從頭到尾自己親手建立清單，是因為我想：這樣說不定可以記得住……雖然響平同學說要幫忙，拒絕你讓我很過意不去，但我不想遺忘……不對，是我曾經希望能夠不遺忘。」

「小口同學……」

小口同學特地改口說成過去式，讓我一陣心痛。就在我不知該跟她說什麼，無言以對時，她似乎察覺到了我的顧慮，微笑著說：「不要緊的。」

「我也不是小孩子了，不會再強求什麼，只是盡我所能而已。」

「妳好堅強喔……校慶時明明哭得唏哩嘩啦的。」

「拿……拿那件事出來講太奸詐了！」

「是，對不起！」

小口同學臉蛋紅通通地跟我回嘴，我一如平常地道歉，並重新有了體認。

我也很喜歡這間舊圖書室，在這裡慢慢看書不會招惹到別人，而且只要問一下：「有沒有什麼好看的？」就能馬上得到答案，這麼棒的地方，我怎麼可能不喜歡？

如果要再補充一點，就是我也很喜歡小口同學，應該說我更喜歡小口同學。這樣說對舊圖書室過意不去，但誰叫我是青春期的男生，請多包涵吧。

然後呢，喜歡的女生遇到困擾，我當然會想幫她解決。雖然這是當然的，但這次不管怎麼看，對手都太強大了。如果在設定上，整件事是某個簡單明快的反派或是強敵搞出來的，而我又身懷某種力量的話，只要把敵人狠狠揍扁就沒事了，只可惜……

「人家都說下次發生大地震的話這裡就會倒塌了，我們還能怎麼辦呢……」

「就是呀。」

「雖然我懂，但我沒辦法像小口同學看得這麼開啊……現實人生就是這樣才討厭……」

「午安～」

我整個人靠著椅背嘆氣時，真中學姊來了。肩膀揹著包包的ＴＲＰＧ社——今年春天終於從同好會晉升為社團，可喜可賀——社長跟小口同學打過招呼後，看著我皺起眉頭。

「又是一副苦瓜臉～敏感又容易受傷的小口這麼快就能樂觀面對，為什麼你這個想法膚淺又沒大腦的傢伙一直這麼陰沉啊，一般來說應該反過來吧？」

「不用學姊雞婆，是說我也沒辦法啊，我不希望這裡被拆掉嘛。」

「這傢伙好煩喔，有這美國時間悶悶不樂，倒不如去想辦法湊到耐震工程的費用啦。」

「妳這是強人所難吧，我一個卑微的高中生，上哪裡弄到兩百萬啦。」

「不只喔，還要支付拆除工程喊停的違約金，所以兩百萬還不夠呢。」

「那豈不是更不可能了！」

「你可以寫輕小說拿獎啊，記得電擊小說大獎的獎金是三百萬圓喔。」

真中學姊一屁股坐在櫃檯上，開朗地笑起來。我別開視線不去看眼前蹺起的二郎腿，聳了聳肩。

「妳這樣講是真的認為我拿得到嗎？」

「不認為！是說，就算萬一真的入選了，等領到獎金時屋子都拆光啦～要是有個東西能馬上賣錢就好了。」

「哪有那麼好的事呢……畢竟這裡只有一些舊書……」

「就是啊……嗯？」

我回了小口同學一聲後，猛然倒抽一口氣。

這時一件事情浮現我的腦海裡，就是以前真中學姊說她在文現里亞古書堂，看過一本價值連城的古書。記得價格是三百五十萬圓。

舊書一般來說都比原價便宜，但有些書的價值能夠遠超過原價。而這裡雖然的確盡是些舊書，但換個說法，就是舊書堆積如山。那麼，搞不好真的會有……？

想到這裡時，我已經拿起列印出來的整疊紙張，站了起來。

「小口同學，這份清單可以借我一下嗎？」

「咦？可……可以……反正如果需要隨時都可以列印……可是你要用來做什麼？」

「我有一點想法。」

＊＊＊

出了舊圖書室，我騎腳踏車衝向北鎌倉車站附近，目的地當然就是文現里亞古書堂。

確定店門口有擺出招牌後，我在車站前停好腳踏車。我抓著清單正打算跑進店裡時，在入口處碰上一名女高中生。

她個子嬌小，看起來神采奕奕，五官端整，頭髮綁在後腦杓。制服看起來應該是屬於山手那邊的縣立高中，大概跟我同年級或比我大。她目不轉睛地注視著我，我打個招呼，這個少女輕輕偏頭開口：

「來買書的？」

「咦？噢，妳是店裡的人嗎？篠川姊在嗎？」

「你是姊姊的顧客？還是粉絲之類的？」

她用直率的口吻繼續問我，既然說是「姊姊」，那麼應該是篠川姊的妹妹了？經她這麼一說，五官的確長得有點像。以前我曾經覺得篠川姊與小口同學很像一對姊妹，結果真正的妹妹似乎跟姊姊屬於完全不同的類型。

「是粉絲沒錯，但今天是顧客。啊，不對，好像也不能這麼說？」

我一邊講得不乾不脆，一邊歪著頭。篠川姊的妹妹只稍微皺了皺眉，就冒冒失失地走到店內深處去了。

「姊——好像有客人上門了——啊，志田大叔你來啦，你好～」

篠川姊的妹妹對某人打過招呼後，就消失在櫃檯後側。我尾隨其後走進去，看到篠川姊在櫃檯內側盯著電腦。

她有著白皙肌膚與黑色長髮，豐滿雙胸將單薄的女用襯衫撐起，鼻梁上掛著小巧的眼鏡。從側面一看，可清楚辨識出她美麗的輪廓。我一瞬間忘了呼吸看得出神，然後看了看櫃檯前的中年男性。

他一顆光頭皺紋明顯，眼珠子很大。跟腦袋一樣皺巴巴的襯衫外披著舊背心，是個五十來歲的矮小男人。聽剛才那個女生的呼喚，這個人應該就是「志田大叔」了。雖然整個人看起來不像愛書人，但篠川姊的妹妹那麼親暱地跟他打招呼，看來應該是這家店的常客。這讓我想起，以前我好像在這家店裡看過他……？我一面覺得人不可貌相，「妳好。」一面打聲招呼，篠川姊注意到我，眼鏡底下的雙眸眨了眨。

「哎呀，呃──喔對，前河同學？好久不見了。」

「很……很久不見了……！啊，呃……初次見面，我叫前河響平。」

我緊張地致意後，也不忘跟中年男性致個意。「敝姓志田。」男人略有些困惑地報上了名號。「你好。」我簡單行個禮，然後轉向篠川姊。

大概是看出我的急躁了，篠川姊略微皺眉。她看起來像個天然呆，直覺卻異樣地敏銳。

「……怎麼了嗎？」

「呃，是。呃呃，是這樣的……」

篠川姊的銳利眼神看得我害臊起來，我解釋了狀況。

我說找她商量過幾次才守住的舊圖書室決定要關閉了，要避免關閉必須進行耐震補強工程，費用需要兩百萬圓。然後又告訴她，我在想藏書中說不定會有昂貴的珍本書……

「雖然清單還不完整……」我把整疊紙張拿到篠川姊眼前，她與志田大叔面面相覷，一會兒後，志田大叔突然朝我直直伸出手來。

「拿來我看。」

「欸？」

「你在發什麼愣？我說我要幫你看清單。你也看到了，老闆娘在忙事情，而我很閒，又很懂書籍。」

「很懂……書籍……？」

我感覺得出來他很閒，但老實說，第二點就不太信得過了。然而我用視線詢問篠川姊後，她對我點了個頭，真的假的？我大吃一驚，志田大叔在我面前驕傲地用鼻子哼了一聲。

「看吧，老闆娘都掛保證了。別看我這樣，我可是個背取屋哩。」

「……貝曲烏？」

陌生的詞彙使我歪頭不解，是什麼鳥的名字還是哪個國家的名稱嗎……不對，哪有人會是鳥或國家啦。總之，既然篠川姊都這樣說了，那他一定也有點知識才對。如果可以要求，我很希望讓篠川姊幫我看，但情況緊急，管不了那麼多了。

於是我把整疊清單交給了「貝曲烏」的志田大叔。志田大叔就這麼站著，目光落在清單上，看了第一張、第二張、第三張，從第四張開始就沒照順序，隨意翻閱後露骨地嘆了口氣。看到這種明顯易懂的反應，我不由得開口道：

「行不通嗎？」

「行不通。」

回得超快的。志田大叔一邊啪啦啪啦地翻閱清單，一邊對我聳了聳肩。

「雖然也要看書況，但我大略看了一下，沒有一本書值錢的。頂多能賣個幾千塊就不錯了，兩百萬更是想都別想。」

「可……可是！每本都是名著耶……？而且都很舊！我想一下在哪邊……你看，這邊的書可是昭和十三年的——」

「我跟你說，小夥子，書不是舊就好。古書的價值在於市場需求與稀少數量，重點是有多少人想要這本書，而這本書又有多珍貴。而且所謂的經典名著，在估價上反而會扣分。」

「咦，是這樣喔？」

「這還用說？假如是毛邊書或附簽名等特別貨還另當別論，但名著流通的數量本來就多，還會一再再版，稀有度總是難免下降，這你懂吧？」

「這——這個嘛，還好啦……」

我雖然最後講得不乾不脆，但心裡卻明白了。那當然了，想必不會有人為了到書店或圖書館就能隨時看到的書支付高額費用。

「所以並非只要是古老名著，就能賣到好價錢啊……」

「是啊，你想想，不管是古董、郵票還是古錢，不都只有少部分價值連城？」

「是這樣沒錯，可是——啊，有了！既然如此，可不可以乾脆趁下星期工程開始前，請妳店裡把舊圖書室的書全部買下……！與其當成廢紙回收，這樣小口同學也比較高……」

「冷靜點，那哪有可能啊。是說就算這樣做也沒有意義。」

志田大叔用超快的速度，給我差點興奮起來的情緒潑了盆冷水。他用視線向篠川姊尋求同意，篠川姊歉疚地輕輕點了點頭。

「的……的確……我們店裡也常一次買下個人的所有藏書，可是……賣不了錢的書，最後還是只能廢棄處理，所以……我想跟當成廢紙回收差不了多少……」

「聽見沒？」

篠川姊講出意見後，志田大叔不露感情地接下去說。「我明白了……」我小聲說道並點點頭，然後肩膀喪氣地垂了下去。

雖然我早就知道天底下沒這麼好的事，但面對現實仍然讓人難過。「謝謝你們，抱歉打擾了。」說完，我無精打采地離開了文現里亞古書堂。

「喂，小夥子，你忘了清單了……啊～我看他是沒聽見了。」

＊＊＊

「事情就是這樣，想用珍本書賺工程費的計畫泡湯了。」

我落寞地離開文現里亞古書堂後，隔天午休，我坐在福利社前面的長椅上，把昨天的事情經過告訴真中學姊。

本來是打算放學後再講的，但學姊主動把我叫出來，說有事想問我。聽完我的報告，真中學姊右手臂掛在褪色的長椅椅背上，悶悶不樂地嘆了口氣。福利社今天人還是一樣多，不過福利社後面的這把長椅周邊很安靜，連嘆息聲也聽得一清二楚。

「好吧，我也早就猜到是這樣了。是說啊，現在問這或許晚了，但是舊圖書室的書很多是由市民捐贈，這種書就算真的挖到寶，假如原本的主人知道了，不會跑來說『還來』嗎？」

「文庫當初接受捐書時，聽說會請捐贈人立誓約書還是切結書什麼的。上次我問過小口同學，她說立誓內容聲明一旦捐贈，就不會再來主張所有權或是討回書籍，又說那疊字據應該還在舊圖書室的某處，妳想看嗎？」

「一點也不想。」

「我想也是，那麼不講這個了，真中學姊……」

「嗯，什麼事？」

「妳特地叫我出來有什麼事……？」

我一臉納悶地看著坐我右邊的學姊，她這個人性子很急，我明白她一定很想早點知道結果。可是如果是為了這個，打電話或傳簡訊就行了，沒必要特地約碰面。事實上，我就是這樣告知小口同學結果的。真中學姊一聽，「嗯～」短暫仰望了一下屋頂，然後轉向我。

「我問你，前河同學。」

「什麼事？」

「你喜歡小口嗎？」

「什麼？」

這個唐突的問題害我說話整個破音，幹麼忽然問這個？我嚇得睜大眼睛，真中學姊面對著我，還是一副若無其事的態度，繼續說道：

「如果是這樣的話，我認為你最好趁舊圖書室還沒拆掉之前好好告訴她。就說：我對妳有著這樣的感情。」

「這……這樣啊……呃不，是說妳怎麼跟我提這個……？」

「問我為什麼，這還用得著說嗎？」

說完，真中學姊馬上隔著眼鏡定睛注視我，然後霍地逼近。別看真中學姊這樣——雖然這樣講很失禮——她可是個大眼睛、臉蛋標緻，而且身材意外傲人的正妹，被她這樣的女生節節逼近，會害我心跳加速。

「什……什麼用得著說……？」

「就是為了小口啊，她從以前到現在，從來沒跟男生親近過。真要說的話，連同性朋友都很少，所以你是個難得的例外。你認為這是為什麼？」

「咦？原因真中學姊應該也知道吧……？是因為我們以前念幼稚園時，曾經玩在一起……」

「你是說小口在圖書館聽你唸過繪本那件事？那段故事我知道，但那充其量不過是契機而已吧？你們能夠打成一片，是因為她跟現在的你聊得來，而且個性也合得來。事實上我看你們聊天時，兩個人都很開心喲。」

「呃……會嗎……？是啦，我是覺得跟小口同學聊天很開心，但小口同學就難說了，搞不好她只是在配合我。」

「就跟你說如果她不喜歡，早就跟你聊不下去了啦。然後呢，你們關係能夠變得這麼親密，當然一方面也是適性問題，但我覺得一個很大的因素，終究還是在於舊圖書室這個空間。因為小口不是會主動約人碰面或是出去玩的類型，對吧？」

「哎，是這樣沒錯。」

「對吧？我是因為主動找她玩才能維持朋友關係，但我如果沒這麼做，大概就老死不相往來了。一旦沒了定期碰面的機會，我可以保證，她跟前河同學的朋友關係也會糊裡糊塗的就淡掉了。身為那孩子的觀察者，我覺得那樣太可惜了。」

說著，真中學姊雙臂抱胸，很感慨地搖了搖頭。她應該是真心在為小口同學著想，神情一反常態地真摯。頭一次看到她的這種表情，我有些驚訝。

「真中學姊……妳表情嚴肅起來變得好美喔。」

「啥？怎……怎麼突然來這麼一句？是說你這樣講很失禮耶，而且現在我怎樣一點也不重要吧！我在講小口的事！」

「是，對不起！」

「很好。對那孩子來說……不對，不管對誰來說，我認為一個能聽自己聊興趣聽得起勁的對象，是非常可貴又值得感激的。」

「篠川姊之前也這樣說過呢。」

「哦哦，不愧是書迷的前輩，真是通情達理。不過你看嘛，小口這個女生就像一塊用消極個性煮成的肉凍，沒有那種活力主動跟你說：『今後繼續做朋友喔！』所以嘍……」

「所以妳要我……主動跟她說……？」

「就是這樣。今天我不會去舊圖書室，所以沒人當電燈泡喲。你看嘛，女人一輩子這麼長，總要試過一次受人表白然後拒絕對方的體驗嘍！」

「咦～前提是我會被甩？」

如果是這樣，我扮演的角色不會太可憐了點嗎？我責備地瞪了學姊一眼，真中學姊一點都沒畏縮，邪邪地笑著，雙臂交抱在挺起的胸前。

「就我看來，小口大概有五成的機率對你有意思。假如以玩家來說，遇到這種場面絕對該賭一把。啊，當然，如果你不喜歡小口，我是不會勉強你啦……可是，這個女生很乖喔～又可愛，又聰明，又純情，又專一。雖然屬於與他人保持距離的類型，但相對地，只要喜歡上對方，距離就會一口氣拉近。所以，怎麼樣？」

「我——我……我怎麼樣……呃呃……」

我含糊其詞，轉移視線不去看真中學姊。

趁著每天能見面的地點消失之前，向小口同學傳達我的心意。這件事——關於我或許該這麼做的問題——其實我早就想過了。

真中學姊似乎在擔心小口同學的消極個性，但講到這點，其實我也差不多。一旦舊圖書室關閉，想也知道我們會漸漸不再見面。既然如此——我靜靜思索時，真中學姊湊過來看我的臉。

「難得看你繃著一張臉沉思耶……啊，難道說你喜歡的女生另有其人？而那個女生其實就是我之類的。」

「並不是，沒問題。」

「什麼嘛～那還好～喂，什麼叫做沒問題啊，給我講清楚！你的意思是對我真中雙葉看不上眼嗎！我脾氣這麼好，身材也不差，還算是個不錯的績優股喲。」

「不是不是，我也很喜歡學姊啦！我很尊敬妳，也覺得妳很可愛啊。」

「咦，是……是這樣喔？你講得這麼白，反而會讓我害羞耶。」

「請不要因為這樣就害羞啦！連我都跟著害羞了！」

當天放學後，我下定決心，前往舊圖書室。

小口同學的班導師開班會比我們班的老師短，因此大多數時候都是我比她晚來。今天也是，門鎖是開的，看樣子小口同學已經來了。我站在門口深呼吸後，拉開了門。

在林立的書櫃之中，穿著圍裙的小口同學坐在櫃檯裡面。雖然是一如平常的光景，我的緊張感卻與平常截然不同。我一邊心想：也許我應該再去洗一次臉，一邊走到借書櫃檯旁邊開口：

「那……那個——」

「那個！」

我緊張到極點的聲音，跟下定決心喊出的一句話，以及站起來的聲響重疊了。

這裡只有我們兩人，所以從座位站起來喊叫的當然是小口同學。咦，妳突然是怎麼了？面對挺直背脊站著定睛注視我的少女，我愣愣地睜圓了眼，這才好不容易發現，小口同學的神情與平常有所不同。

白皙肌膚泛著一層紅暈，懦弱的眼眸好像豁出去了般漾滿堅強意志，在伸直的手臂前端，拳頭簌簌顫抖著。看到小口同學明顯下了某種決心，我受到震懾，陷入沉默——竟然因為這樣就一時不敢表白，我就是這麼窩囊，真令我自己傻眼——眨了兩三下眼睛。

「妳……妳怎麼了……？」

「請……請聽我說，響平同學！有件事我一直想告訴你……！」

小口同學彷彿擠出她僅有的勇氣，開口說道。她一定是相當害羞，臉蛋的紅暈變得越來越濃，很明顯可以看出她巴不得立刻轉身逃走。小口同學憑著一股氣力壓抑住自己，繼續說道：

「自——自從我遇見響平同學……不對，呃呃，自從我與你重逢，開……開……開始參加文現對戰以來，我就一直有這個念頭了……我覺得我應該說出來，可是一直難以啟齒……可是，但是，因……因為就快結束了，所以我要說出來！因為——已經，已經，沒多少時間，能留在這裡了……等到下個星期，工程就要開始了，所以……！」

「呃——嗯……」

我一邊怯怯地搭腔，一邊感覺到脈搏在加速。這難不成，該不會，莫非，簡單來說就是那個嗎？本來自己要傳達，結果被對方搶先的那種情況嗎？

——就我看來，小口大概有五成的機率對你有意思。

幾小時前真中學姊說過的話重回腦海，難道說真的就是那五成，而且小口同學意外地有勇氣？如果是這樣，那我也——正當我產生這個念頭時，小口同學雙手在胸前合握，霍地探身向前說：

「前河響平同學！請……請你跟我……」

「啊……是！」

「跟我——進行文現對戰！」

「好的，只要妳不嫌棄，我很樂意……呃，咦？咦，咦？」

我以光速即刻答應下來，緊接著，我不禁發出詫異的聲音。

……奇怪。

好像跟我想的不一樣？

文現對戰？她剛才是這麼說的嗎？我不由得皺起眉頭，但小口同學沒注意到，仍然把手握得緊緊地連聲說道：

「自從去年秋天開始進行文現對戰以來，我就一直好嚮往，嚮往你們用自己的語言，介紹喜愛書本的魅力……我一直很想試試看，但光是想像就覺得好害羞……」

「……喔，因為小口同學很怕羞嘛。」

「是……是的……說來難為情……所以，要我在眾人面前做簡報，我絕對辦不到……可是可是，即使如此，我還是很想試試看……！所以……」

「所以才要跟我進行文現對戰……？」

「沒……沒錯……！抱歉我突然做這種要求……！可是，我也只有響平同學可以拜託了……」

「聽妳這樣說我很高興，可是——是說如果要做簡報，需要聽眾耶，評審要怎麼辦？」

「那個……我希望能不找聽眾，就我們一對一比賽……！地點就在這間舊圖書室，我會挑選絕不會有人來的時段。限制時間就跟平常一樣是五分鐘，代替評審，發表者各有一票的投票權，也不設題目……我們要互相推薦喜歡的書。雖然是非正規的做法，但是那個，我想反正至今規則也改過好幾次……」

大概是早已統整好該說的話了，小口同學雖然不時結巴，但仍一口氣把話講完。沒想到她這麼想試試文現對戰——想自己介紹看看喜歡的書。我到這時候才開始驚訝，小口同學注視著我，「而且……」又補充說道。

「只要採取這種做法，響平同學就願意告訴我你喜歡哪些書吧……？」

「……咦？是這樣沒錯——咦，所以妳是為了這個？」

「是……是的……雖然最主要是想試試看做簡報，但……這也是原因之一……因為，如果不這樣做，響平同學都不肯告訴我你喜歡什麼書，不是嗎……？一直都只有我在推薦就結束了……這樣，我會很寂寞。」

她惹人疼愛地抬眼注視我，那模樣實在太可愛，太努力，使我的呼吸停了幾秒。「對不起。」我啞著嗓子道歉，怪裡怪氣地繼續說：

「至今都是拿舊圖書室的所有權當賭注，對吧？如果要比，這次的賭注是什麼？」

「咦？對耶，說得也是……我沒想過這一點。」

「既……既然這樣……那個，雖然很老套，不過或許可以讓輸的人答應贏的人一項要求……」

「可以呀。」

「就……就是嘛！抱歉當我沒說——咦，可以嗎？」

「嗯，當然，如果是陌生人或是學生會長的話我會拒絕，但響平同學的話就沒關係，好像很有趣！」

或許也因為情緒正興奮，小口同學用比平常更積極的笑容點頭，這個女生太信任我了。我一面感受著喜悅與罪惡感，一面重新思量。

在舊圖書室關閉前，進行一場沒有觀眾的文現對戰單挑。

我從沒想過可以這樣做，不過用來為前圖書社，也就是現在的文現對戰社劃下句點，似乎是個不錯的點子。況且……我自己對自己補充說道：

回想起來，我也不討厭進行文現對戰，反而玩得很開心……

至今我只是單方面地接收小口同學推薦的書，然而這次不是她為我挑選的書，而是我自己喜歡的書；不是唸小口同學設計的原稿，而是用我自己的語言，向小口同學談論我的喜好；我感覺這項提議具有無比的吸引力。

結果到頭來，我還是無法坦然大談自己的興趣；但如果是在她說的那種場合，我應該也說得出口才對。而且如果我贏了——好吧，我是說倘若順利的話——搞不好……可以請她跟我交往。既然如此，那已經沒什麼好猶豫的了。

我直勾勾地回望著小口同學，笑了起來。「那就來比吧。」我說道：

「比最後一場文現對戰，就我們兩個！」

「是！我接受挑戰！」

「呃不，這應該是我要說的吧。」

「咦？啊，說……說得也是呢！對不起，因為平常都是我們接受別人挑戰……」

＊＊＊

舊圖書室雖然沒有嚴謹的營運規範，不過與校舍本棟的圖書室商定之下，開館時間或借閱冊數等等都比照總圖辦理。而因為總圖只在平日開放，因此星期天一整天舊圖書室都不會開放，基本上也不可能有學生在場。

在這本來應該無人造訪的時段，空無一人的場所，我與小口同學站在裡面。除了我們倆之外，沒有其他人。小口同學環視隔著窗戶遠遠傳來體育社團聲音的午後舊圖書室，手裡拿著鑰匙，顯得很歉疚地低喃：

「星期天的舊圖書室，不知怎地讓人心跳加快呢……這是我第一次違反規定，虧我還是管理人……」

「真的這麼介意的話，當初選在平日辦不就好了？」

「不……不行啦！萬一有人來了……不對，只要想到說不定會有人來，我就會不敢講話了……！」

小口同學臉色大變，焦急地左右搖頭。這麼嚴重？我差點露出苦笑，但急忙阻止自己笑出來。誰都有不擅長的事情，況且我也一直不敢公開承認自己的阿宅興趣，哪有資格笑別人。「我懂了。」我點頭說，目光轉向閱覽桌。

這張六人座的閱覽桌，是這個房間裡唯一的桌子。我們昨天前已經決定，用桌子靠櫃檯的短邊，也就是所謂的壽星席當作今天的簡報位置。而這個位子的右前方，是唯一一名評審兼聽眾的座位。簡報座位放了一個展示用的閱讀架，評審座位放著我的手機，用來通知限制時間。由於小口同學提出意見說「等結束時才通知就太晚了」，因此鬧鐘會在剩下三十秒時響起。

事情就是這樣，我們已經做好了萬全準備。我提起帶來的書裝在裡面的背包，轉向小口同學——今天的對戰對手。

「那麼，差不多可以……」

「好的。」

小口同學語氣篤定地回答，就這樣，在明天即將關閉的舊圖書室，只有我與小口同學兩人參加的最後一場文現對戰，正式開始。

經過猜拳，我成了先攻。

雖然我經歷過許多次文現對戰，但今天的聽眾只有小口同學一個人，而且我還得用自己的語言介紹自己愛看的書，情況完全不同以往。我有些緊張地移動到簡報座位，一鞠躬說：「請多多指教。」然後從背包中拿出要介紹的書，應該說「堆起」。

「……咦？」

看到一堆文庫本發出沉重聲響在桌上堆積如山，小口同學睜圓了眼。嗯，好吧，我懂妳的心情。見我攤開用活頁紙寫成的簡報用筆記，小口同學滿臉困惑地問我：

「那個……這些你統統都要介紹嗎？」

「呃，對啊……不是啦，本來一開始我也只打算介紹一本喔？可是，一想到喜歡哪個故事，或是該推薦哪裡，就很難做抉擇……妳看嘛，反正這次是一對一的非正規做法，也沒規定只能介紹一本啊……不行嗎？」

「是沒有不行啦……」

「太好了！謝謝妳！所以，我要介紹的是這部作品！鎌池和馬的異能奇幻科幻校園動作小說，《魔法禁書目錄》系列——全二十二集！」

確認小口同學設定好手機鬧鐘後，我把第一集放到閱讀架上，開始做介紹。切換成對人解說時的嗓音後，校慶時的丟臉回憶無意間重回腦海。我胸口不禁一陣難受，差點說不下去。雖然早就料到可能會這樣，但還真的發生了！不過不要緊，我在心中如此自言自語，我要冷靜。

「這個故事……應該說這個系列，是以憑藉科學手段開發超能力的學園都市為中心，描寫居住在都市裡的少年上条當麻，以及他的同伴如何大展身手，是一部戰鬥類作品。在這個世界裡除了超能力，還有魔法；故事一開始，描述某一天一名年輕修女逃出了魔法世界，出現在上条的面前——」

今天的聽眾只有小口同學一人，而且輸了也不會失去什麼，更何況我很清楚當時失敗的原因。我那時沒準備就上場，而且做簡報時對自己要求過高。今天我事先整理過該說的內容，只要不要逞強，用自己的話語做介紹就不會有問題，應該吧。我一邊鼓勵自己，一邊接下去：

「這部作品有很多我喜歡的地方，首先是世界觀。書中世界分為以超能力為代表的科學陣營，以及宗教性質濃厚的魔法陣營，兩者同時共存又互相抗衡，這種設定能夠讓讀者想像作品中沒有描述到的部分，想到其他地方一定也有著各色各樣的人物，就覺得相當有趣。魔法陣營的教派或法術是以實際存在的傳說等等做為主題，為作品帶來了深度，查出它們的來源也是一項樂趣……故事基本上以學園都市的校園生活做為舞臺，日常生活的各種場面當然很有意思，也能讓讀者感同身受，而從這種貼近生活的部分一口氣擴大劇情規模，讀來更是過癮。故事格局只能用浩大來形容，比方說等級5的超強超能力者有兩萬個複製人，或是世界各地都在發生暴動……像這種讓人覺得鐵定完蛋的危機，會一個接一個發生。」

講著講著，我發現自己的聲音徐徐有了張力，感覺還不賴。小口同學探身向前，聽得津津有味。她若有所感地頻頻點頭的模樣，顯得既開心又樂在其中。我被她那直率的眼神弄得有點害臊，同時繼續解說《禁書》系列的迷人之處。

像是「幻想殺手(Imagine-Breaker)」或「風紀委員(Judgment)」；漢字寫做「最強」卻唸成「最弱」的獨特注音；或是諸如「神之右席」與「前方之風」等命名品味的酷炫感。有時搞笑，有時嚴肅，氣勢十足的文章讀起來琅琅上口。特別是每一集的情節高潮之處，上条當麻用一段長篇臺詞駁斥敵人的那種淨化作用，再加上講出招牌臺詞『——**那我就先殺了這個幻想！**』時提昇到最高點的熱度。還提及了角色的魅力……

我的視線不時落在筆記上，同時侃侃而談。樂趣不斷從胸中湧昇，無法抑止。我初次體驗到談及自己喜歡的作品，描述自己如何喜歡哪些部分，又為什麼覺得好看，竟是如此快樂的一件事——而有人願意側耳傾聽，又是如此值得感激。

——互相推薦喜歡的書，請朋友讀過一遍，然後聽聽感想……我在學校沒有交到這樣的朋友，所以……

——所以，這種朋友是很可貴的喔。

——不管對誰來說，我認為一個能聽自己聊興趣聽得起勁的對象，是非常可貴又值得感激的。

忽然間，我想起篠川姊與真中學姊她們說過的話。

就是啊。我一邊繼續解說，心裡一邊如此想。她們說過的那些話，其實就是這個意思。重點不在誰輸誰贏，重要的是現在這段時光有多麼快樂。

「……由此可知，書中人物也都各有魅力，不過長篇系列特有的精髓之處，就在於有時候之前登場過的角色會慢慢產生改變，或是展現出另一面。例如原本以為某個角色是冷酷無情又膽大包天的勁敵，沒想到人還滿好的；或是危險又強大到令人絕望的敵人，意外地人還滿好的；或是本來以為只是普通人，其實是某個組織的特務，但人還滿好的……」

「人還滿好的角色好多喔。」

「就真的都是些好人啊。」

聽到小口同學脫口而出的感想，我立刻點頭。我發現自己的口氣不小心變得太隨便了，趕緊補上一句：「但就是這點好。」

「雖然大家的目的或隸屬組織都不一樣，但正因為如此，偶爾湊在一起或是並肩作戰時，也就更讓人熱血沸騰。不過，我覺得最棒的角色還是主角上条當麻……如同我剛才說過的，上条擁有一種特殊能力稱為『幻想殺手』，他運用這種能力的方式很帥，但更棒的是他的人格特質以及言行。我特別喜歡的是第六集的高潮，故事裡出現一個女生，但她其實不是人類。她被當成怪物而差點遭到抹殺，但上条卻斬釘截鐵地說：管他是不是人類都沒差，然後保護了這個女生。這個部分我愛死了……不是因為他很帥氣，很令人崇拜或是很有英雄氣概什麼的——當然這些也是原因之一——該怎麼說才好？他會讓我很放心，覺得『對啊，就是啊，這樣做是對的沒錯』……」

我一再闡述自己從這個系列當中，以及這個主角身上得到的東西。

我已經沒在看筆記了，即使隨著系列集數增加而使得同伴越來越多，主角卻能永遠堅持個人立場，為了自己認為該保護的對象，而挺身對抗巨大力量或是整個組織甚或國家，他那堅定不移的處事態度看了令人叫好。無論增加多少女性角色，有多少人仰慕他，都能讓人心服口服，這就是這個角色的厲害之處。

然後，我也談到了女伴完全沒增加的另一個主角，也就是反英雄「一方通行（Accelerator）」。我講到相較於上条一邊過著校園生活一邊認識越來越多朋友或熟人，這個角色在黑社會受到組織擺布，一面刻意自稱為惡人，一面卻又始終守護著想守護的事物，有多酷、多有魅力。雖然我還有很多話想講，但就在我談到他在第十五集故意選擇受黑社會利用的場面有多棒時，電子鈴聲響起了。

鈴聲來自放在桌上的手機，是鬧鐘響了，告訴我時間只剩下三十秒。「這麼快？」我大吃一驚，時間過得比我想像中更快。

我本來還想聊聊第三主角濱面仕上，然後大講特講女主角美琴與茵蒂克絲的可愛之處——附帶提一下，我是美琴派——但規則就是規則。我急忙重看一下筆記，確認最後必須補充的地方，以及我最想表達的部分。

「呃……最後——我喜歡這個系列的理由在於一般人的努力奮鬥。就是即使不是超能力者或魔法師，只不過是毫無能力的一般民眾，也會認真思考，該行動時也會採取行動，結果出人意表地厲害！像是第四集當麻的父親，或是第十六集幫助了神裂火織的那些人……最經典的是第十八集英國篇，書中角色昭告人民：『**你們每個人都能成為英雄。**』、『**用自己的腦袋仔細思考後，就只需要跟隨剩下的正義和勇氣走！**』然後全國人民響應的部分，這裡實在太讓我熱血沸騰了，但更發揚光大的是第二十二集——講太多會洩漏劇情，所以我不多提，總之在一個場面裡，有個傢伙說人類是骯髒、狡猾又卑鄙的生物，結果主角回他：才沒有那種事！如同小口同學也知道的，我沒有任何力量，又是個不起眼的傢伙。而對我這種平凡高中生來說，描述一般人只要有心也能辦到，而且意外地強悍又能秉持正義的故事會讓我很高興，再得到上条當麻這個英雄角色的認同——不對，是得到他的肯定會讓我感動萬分！總之，就是秉持正義、帥氣又能讓人感同身受的英雄角色，一面保護可愛女主角或是反過來被保護，一面殺死、搗毀那些差勁幻想的故事！讀起來非常爽快，請務必參考看看！」

我機關槍般一口氣說完，最後講一句「報告完畢！」後行一鞠躬。隔了一瞬間後，就傳來小小的掌聲。總之，我已經盡了全力。我一面滿懷這種感慨，一面抬起頭來，就跟小口同學對上了目光。既是唯一一名評審又是對戰對手的少女，悄悄舉起一隻手來。

「請問……我可以問問題嗎？」

「啊，對喔，還有這個單元呢。請說。」

「問這個問題可能違反規定了，但我實在很好奇……上条與他的同伴，最後有迎接好結局嗎？」

「這就不知道了，因為這個系列還沒完結。畢竟上個月，這個系列的續集《新約魔法禁書目錄》才剛推出第一集嘛。」

「——咦！」

「欸？沒必要這麼驚訝吧——」

我回望著呆呆地睜圓了眼的小口同學，「啊。」忽然會過意來。

原來是這麼回事啊，這個女生因為一直以來都只看古典名作，換言之她沒看過正在發行中的系列，所以根本沒想到會有「還在推出續集的系列」。就某種意義來說，這種觀點還滿新奇的。小口同學一副恍然大悟的樣子點點頭，頗有感慨地低喃：

「原來如此……還沒完結呢……原來還有這種的呀……謝謝你，讓我上了一課。」

「不……不會不會……」

實在沒想到會有人為了這種事情謝我就是了。我一邊苦笑一邊補上這一句，抱起二十二集《禁書》離開簡報座位。「請。」在我的催促下，後攻的小口同學拿著包包站起來，跟我換位置。

「那……那麼，呃呃……再……再次請你多多指教……」

小口同學站到簡報座位上，如此告訴坐到評審座位的我。她的臉已經變得紅通通的，講話也斷斷續續。很明顯地她緊張過度了，我原本想對她說「不行的話別勉強」，但決定還是算了。

因為小口同學的努力，確實傳達給我了。

這個本來不敢在公眾場合講話的女生，希望能夠改變自己，這是她踏出的第一步。既然如此，我絕不可以妨礙她。我設定好手機鬧鐘，小口同學看到後，攤開手寫的原稿，開始講起：

「我要介紹的，是……是……這本書！」

說著，小口同學從包包裡，拿出了一本厚重的精裝書。

有點泛黑的紅色封面是布製的，上面有兩條蛇互相交纏的浮雕花紋。這是……我想起來了。就是最早我在這裡遇見小口同學時，她正在看的那本書。

「這……這是麥克．安迪的著作《說不完的故事》……故事一開始，一個愛看書但常被同學欺負的小孩巴斯提安，在舊書店邂逅了一本書叫做《說不完的故事》……巴斯提安不知為何深深受這本書吸引，竟偷走了它，開始閱讀……這本書，呃呃，內容是拯救幻想國世界的歷險記……」

一開始小口同學講得笨拙生疏，幾乎讓我不忍心看下去；但講著講著可能是抓到感覺了，她的話語逐漸變得流暢。這個女生本來聊到喜歡的書就會變得健談，知識與對書的情感也很豐富。小口同學漸漸鎮定下來，持續以簡報介紹《說不完的故事》。

她提到劇情一邊是在現實世界裡看書的巴斯提安，一邊是書中世界幻想國的勇者奧特里歐的故事，兩者交互進行，結構巧妙。又提到這兩個世界將會一點一點產生交集，不斷加快交錯的速度，最後巴斯提安終於進入幻想國時的興奮與感動。然後是幻想國這個攙和了一切幻想或故事的世界，其設定上的魅力；精美的書本裝訂重現了巴斯提安正在閱讀的書；配角神奇又魔幻的魅力以及由他們成為主角的插曲之豐富；當巴斯提安造訪幻想國時，等待他的是意想不到的發展與恐懼；然後歷經這重重險阻，迎接的結局完美無缺……

「我第一次閱讀這本書，是在小學三年級的暑假。那時最令我難以忘懷的，是襲擊幻想國的敵人的真面目。在這個故事裡，奧特里歐挺身對付的不是邪惡魔法師或怪物，而是『空無』，是本該聆聽故事的人們——我們的漠不關心。這本書告訴了我，不受任何人注意、被人遺忘是多麼悲傷寂寞的事。從那時候開始，我覺得遭人遺忘比任何事都要讓人難受，是最可憐的一件事。所以，舊圖書室的藏書也是一樣，我希望至少能留下清單，至少由我來記住它們……啊，抱歉，話題扯遠了。」

小口同學苦笑起來，我也被逗得露出微笑。她能夠露出笑容，可見心情已經從容不少。雖然小口同學好像還有很多話題可講，然而這時鬧鐘響了，「啊！」小口同學摀住了嘴。

「時……時間過得比想像中還快呢……！呃呃——剛才響平同學說過，如果故事中的主角認同了自己或是自己的想法，會讓你高興得不得了；關於這點，我也是一樣。因為我也是個弱小的人，所以如果書中人物能從背後推我一把，會讓我很放心。就這層意義來說，這本《說不完的故事》是非常溫柔，又給予人信心的書。我認為對於喜歡看書、愛看故事的人而言，它必定是一本能深入內心的著作。書中有很多我喜歡的地方，不過最喜歡的，是巴斯提安一開始受到《說不完的故事》吸引的場面。看到這裡時，我心頭一驚，覺得『我能了解』。又覺得『這個男生就是我』……」

如此說完，小口同學清清嗓子，翻開《說不完的故事》，挺起小小的胸脯。她面帶緊張神色吸一口氣，開口道：

『人類的激情是很神祕的，無論是大人或小孩都一樣。那些受到激情感染的人，自己固然無法了解箇中奧祕，那些缺乏激情的人就更不可能了解激情。有的人甘冒生命危險去征服一座山，卻沒人說得出他這麼做的真正原因，甚至連當事人也說不出個所以然；不少痴情之人為了想贏得某人的芳心而毀了自己，而十有九個壓根不想跟對方有什麼瓜葛；有的人縱情美食美酒，因此成了廢人；有的人好賭成癖，失去一切家當；有的人犧牲一切，為的只是一個永遠無法實現的夢想；有的人認為幸福的唯一希望在遙遠的他方，所以終其一生在流浪尋找；有的人非得獲得權勢，不肯善罷干休。簡單一句話，人的激情種類之多，恰如這世上的人一般。

而對巴斯提安．巴爾沙札．巴克斯而言，他的激情就是書。』

聲音輕快的朗讀，漸漸滲入舊圖書室的空氣裡。

小口同學輕鬆愉快地唸出書中的一個段落，它述說著愛書人受故事中的世界吸引的心理，那種我也極有同感的心境。

『倘若你不曾痛哭流涕──為了一個美好故事已結束，必須跟所有的人物分離。而你跟他們一起經歷了眾多危險，你愛他們，敬佩他們，為他們擔心又為他們祈禱，如果沒有他們為伴，生命似乎因此變得空洞而無意義……

如果你不曾有過這種經驗，那麼你想必不會了解巴斯提安下一步要做的事。』

我不禁聽她的聲音與朗誦的內容聽得入神。我懂，我由衷感同身受。

我很希望她能再多說一點，然而極致幸福的時光結束得特別快，小口同學闔起書本，害羞地補充說道：

「……報……報告完畢。這是一本非常美妙的書，希望您願意一讀……如果可以，買一本回家我會更高興……那麼，呃呃——謝謝您的聆聽。」

「謝謝妳的報告！」

看到小口同學行一鞠躬，我馬上報以感謝之意。我真心覺得這場簡報做得太棒了，能夠感受到報告者對這本書的愛，也讓我產生了強烈的閱讀興趣。我正在細細回味著簡報的出色之處時，小口同學怯怯地問我：

「請……請問……有問題要問嗎？」

「這本書買起來好像很貴，沒有出文庫版嗎？」

「有岩波少年文庫版，但請你看精裝版。」

小口同學馬上語氣堅決地回答，難得聽這個女生口氣這麼強勢。小口同學定睛注視驚訝的我，繼續站著，攤開《說不完的故事》給我看。

「請看，在這本精裝版當中，現實世界的場面與幻想國的場面，文字的顏色不同；但文庫版全都是黑色……文庫版以段落高低區別兩個世界，但是紅字與藍字逐漸交錯時的興奮雀躍感，不用彩色印刷是無法傳達的……！況……況且，文庫版會分成上下集，所以當看完上集要開始看下集時，就像從夢中清醒一樣！最重要的是，在這部作品當中，主角正在閱讀的書，跟自己正在閱讀的書裝訂必須完全相同。我認為《說不完的故事》無論如何都得是『古銅色絲綢布製的書』，捧在手裡『絲綢布閃閃生輝』，而且『打開內頁，文字是二色印刷』才行……！」

「我……我明白了！對不起，問了這麼奇怪的問題！」

小口同學一直逼近過來極力解釋，我急忙打斷她。看來她對這本書投入了相當深厚的感情。「我完全明白了。」我再強調一遍，然後再度偷偷舉手；我還有問題想問。

「這個故事是說主角專心看書，看著看著就進入了書中世界，對吧？小口同學一看書就會變得聽不見周圍聲音，該不會是……」

「是……是的，你猜對了，是因為《說不完的故事》。念小學時，我好羨慕好羨慕巴斯提安……心想只要我專心投入書中世界，說不定也進得去，試著試著，就不小心變成這樣了……當然，如今我已經知道不可能有那種事……可是，內心的某個角落，還是放棄不了那個希望。」

小口同學一邊靦腆地自嘲，一邊補充道：「……請不要告訴任何人喲？」她那流露出些許坦然的笑靨無比耀眼，我不禁坦率地衝口說出：「嗚哇，好可愛。」害得小口同學面紅耳赤。對不起。

總而言之，雙方的簡報就此結束，所以再來就只剩投票了。由於沒有司儀主持比賽，我以「呃——」做為開場白，出聲說道：

「首先，有人想看《魔法禁書目錄》嗎？」

「有。」

坐我旁邊的小口同學舉手；我確認得了一票後，繼續說：

「接著，想看《說不完的故事》的人……我。」

我自己說著自己舉手，以上投票表決結束。結果是一比一，我們你看我，我看你。

「平手啊～好吧，老實講，我早就覺得會這樣了。」

「就是啊……不過沒關係，因為這次是特例。」

「對啊。是說如果要嚴格比賽，我已經因為違規而落敗了。」

「就是呀，哪有把全二十二集都拿來介紹的……不過，我覺得這樣也沒關係。」

小口同學先是露出有點拿我沒輒的表情，然後安心地微笑。什麼事情沒關係？我以視線詢問，小口同學連同椅子轉向我，心情舒暢地點了點頭。

「我是說平手也沒關係，因為真要說起來，書本之間是沒有輸贏的……」

「妳之前也這樣講過呢，記得是在會長第一次提出文現對戰時……還有，我在校慶慘敗時妳也說過。」

「是的，雖然這中間發生了很多事，但我這份心情從未改變。」

小口同學對自己說的話輕輕點頭，目光朝向書架。

她望著一字排開的書背，櫻桃小嘴慢慢訴說：

「無論是與書本之間的邂逅還是往來，都是因人而異，視時間與場合而定，不是嗎？有時候一本書初次閱讀時不覺得有趣，後來重看時卻大受感動；有的書雖然是名著，自己看了卻毫無感觸。反過來說，也有的作品被當成平庸之作，卻深深打動自己……」

「啊～我能理解。像是覺得超級好看的系列因為不受歡迎而腰斬時，我都會打從心底這麼想。」

「我想喜歡閱讀的人，都會有這種感觸……去年秋天我遇見響平同學，開始參加文現對戰後，重新強烈感受到這一點。我覺得文現對戰是很好的點子，能增加讓大家認識書本的機會……可是，我還是覺得不需要計較輸贏。」

「有道理，不過，好難得看到小口同學這麼堅持自己的主張喔。」

「因為你是響平同學。」

小口同學有點靦腆地說道。咦，這話什麼意思？我是很想問個清楚，但追問下去好像會很害羞，我不敢問。不得不說我這人實在很窩囊。

「那……妳討厭文現對戰嗎？」

「這個嘛……不，我不討厭。既不是書評，也不是感想，而是跟某個人——跟響平同學

——一起尋找推薦好書的切入點，讓我覺得非常開心，真的喲？感覺好像會變得更喜歡這本書……響平同學呢？」

「咦？我……我當然也——是覺得……很開心沒錯……」

她用輕鬆愉快的表情面對我，使我回答的聲音有點高八調。這時，小口同學忽然叫道：

「有了！」整個上半身朝我探過來。

「響平同學分享小說的帳號還在吧？」

「靠……靠太近了啦！是說怎麼突然提這個？好吧，是還留著沒錯，但擱著沒動很久了喔？小說也是，最近根本都沒寫……」

「要不要一起用那個帳號介紹書籍？」

「——欸？」

「你看嘛，不是有的部落格會分享讀後心得嗎？就像那種感覺，我們可以用聲音推薦好書，如同文現對戰那樣！只是不用分輸贏。」

可能是想到好點子太興奮了，小口同學從椅子上大幅挺身向前，開開心心地說道。先不論她說的內容，臉靠得太近讓我覺得好害羞，但小口同學似乎毫不介意。

——雖然屬於與他人保持距離的類型，但相對地，只要喜歡上對方，距離就會一口氣拉近。

我想起真中學姊是怎麼跟我說小口同學的，這就是她說的情況？那也就是說，小口同學很喜歡我，跟我很親近？我是覺得上網介紹書本聽起來好像很好玩，可是……我一面又是喜悅又是困惑，身體一面往後退。

「要……要推薦書本的話，就跟妳說的一樣，開部落格不就好了……？有的網站還能投稿讀後心得……」

「可是文章不會說話呀，響平同學很喜歡出聲朗誦，對吧？再說，不是也有人說過響平同學的聲音很好聽嗎？我聽雙葉學姊說，網路分享的內容有一種類別叫做評論影片。」

「那個人又在灌輸別人偏門知識了！我那帳號根本沒有聽眾好嗎？」

「今後慢慢增加就好了呀，如何？我希望以後還能跟響平同學一起聊書本話題。」

「咦？這……這樣喔？我當然也——嗚哇！」

我當然也是嘍！正要這樣講時，我的身體一個不穩，往後傾倒。

我只顧著跟小口同學拉開距離，結果連人帶椅子往後摔倒了。危險！小口同學叫著，情急之下伸手過來，抓住了我的手腕，但個頭嬌小又輕盈的小口同學哪有那個力氣拉住我，我就這樣拉小口同學當墊背，一起摔在舊圖書室的地板上。

「呀啊！」

「咕哇！」

高聲尖叫與低沉呻吟接連響起，我從椅子上被拋出去，腰部撞上了地板。竄過腰骨的一陣痛楚令我不禁緊閉眼睛時，小口同學出聲關心我。

「你……你還好嗎……？」

「還過得——去……」

「啊……」

我們倆的聲音重疊在一塊，停住了。

我一睜開眼睛，只見名符其實地，小口同學的臉蛋就在我的眼前、鼻尖前。

我仰躺在地，小口同學趴在我的身上。注意到這項事實的瞬間，我們的臉同時變得通紅。

身上趴著一個人，卻簡直感覺不到半點重量。隔著制服，只感覺得到柔軟與溫暖。長長髮絲撫觸我的臉頰，並大把大把地削去我的理性時，我心想：又來了。在這屋裡初次遇見小口同學時，我也是跟她纏在一起摔倒在地。

然而，有幾點與當時不同。

我變得比以前更了解她，而且——也更喜歡她了。

再補充一點，就是這個場所很快就會消失，而且今天沒有任何人會來這裡。

一陣沉默。小口同學可能是因為緊張與困惑而僵住了，一語不發，也文風不動。她的胸口貼在我的身上，從中感覺得到急促的心跳。

就是現在？要表達心意就要趁現在？

經過簡短的自問自答，我下定決心，眼神銳利地緊盯小口同學。可能是從我的視線當中感覺出了什麼，小口同學的身子只震了一下，就靜止下來了。我準備伸手放在她的小巧肩膀上——但就在這時……

嗶鈴鈴鈴鈴鈴鈴鈴鈴鈴鈴鈴鈴！

尖銳的電子鈴聲響徹了舊圖書室，是放在桌上代替鬧鐘的手機響了。

「呀……！」

「啊——！對……對不起！」

我們同時大叫著跳起來，酸酸甜甜的氣氛眨眼間消失，尷尬氛圍暴增到最大值。其間電子鈴聲仍不斷鳴響，這是來電鈴聲。總之我先抓起手機，一看液晶螢幕，來電者顯示為「文現里亞古書堂（篠川姊）」。

「文現里亞古書堂打來的？會有什麼事……喂，妳好，我是前河。」

「啊！前河同學嗎？我……我是文現里亞古書堂的篠川……」

我納悶地一按下通話鍵，喇叭立刻傳出女性的聲音。這種惶恐至極的懦弱態度，就是那個篠川姊不會錯。她是怎麼了？我偏頭不解，小口同學也偏著頭，顯得一頭霧水。

「篠川姊？她有什麼事嗎？」

「這聲音是……卯城野同學也在那邊嗎？」

「啊！我在，我正好騎在前河同學身上。」

「咦！」

聽到小口同學自然地說出口的報告，讓電話另一頭的篠川姊說不出話來了。請等一下，小口同學，妳這種講法恐怕會引人誤會——我正這樣想時，明顯狼狽的聲音從電話中傳來：

「我……我……我該不會是打擾到你們了……？說……說得也是，就算還是高中生，進展到這個階段也不奇怪……對不起，我高中是念女校，所以不太清楚……」

「啥？呃不，我想妳應該是誤會了，再說也不是男女合校的所有學生都會做那種事啦！雖然我不懂妳說的是什麼事！啊，別說這個了，妳怎麼了？」

「啊！是……是這樣的……那個，前兩天你把書本清單忘在店裡了，對吧……？」

「清單？」

我不假思索地反問，然後馬上想起來了，她說的是小口同學整理的舊圖書室藏書清單吧。我那時想說搞不好有價值連城的珍本書，於是把清單帶去文現里亞古書堂，結果因為太失望，就不小心忘了帶回來。

「啊——對不起，我就那樣放在妳店裡！我們這邊有檔案，需要的話再列印一份就好，所以妳願意的話可以丟掉沒關係……」

「不……不是的……我後來還是有整個看過一遍，只是那個，還……還是沒有可以賣掉賺取工程費的書籍，所以想告訴你一聲……對不起，沒能幫上你們的忙。」

「咦，妳全部檢查過了？真……真是太謝謝妳了……！真不知該如何道謝。」

「不……不用客氣……不過這件事不重要，關於清單上列出的藏書，我有件事想確認一下……」

「想確認一下？可是，妳不是說沒有能賣到好價錢的古書嗎？」

「……是的，關於這點，確實是這樣沒錯。」

篠川姊回答得莫名地拐彎抹角，「關於這點」是什麼意思？我們表情困惑地面面相覷，這時，篠川姊只稍稍沉默片刻，就再度開口道：

「只是，我在看清單時，無意間想起一件事——」

＊＊＊

附有廢紙回收業者商標的金屬箱放在舊圖書室的櫃檯前面。面對這個有兩個大型冰箱大的回收箱，真中雙葉嘆了一口氣。

「接下來書本就要被扔進這個箱子裡拿走，去做成再生紙了啊～我借用過這裡的空間，覺得有責任到場所以才會過來的，但老實講，感覺不太好受呢。如果可以的話，真想打道回府。」

「我能體會。」

「我也是。」

學生會長旭山扉與副會長楯石理津都板著一張臉點頭。兩人跟真中一樣坐在閱覽桌旁憂鬱地搖頭，扉抬起頭來說：「先不說這個……」

「文現對戰社的兩位沒出現呢，我事前有通知兩位，今天放學後就要開始動工了……」

「前河同學還有小口今天都請假，我看真的是受到很大打擊了……」

「這樣啊……」

扉身為學生會長，可能是覺得沒能阻止這裡遭到拆除是自己的責任，語氣凝重地點頭。雙葉也不再繼續談下去，舊圖書室裡一片靜默。

就在三人等了將近十分鐘後，圖書教師高山伴著幾名身穿工作服的業者現身。正當滿臉歉疚的高山指了指書櫃說「就是這些」，業者就要著手撤除書本時……

忽然間，有人猛力打開了門。

「等一下————！」

近乎怒吼的制止喊叫，響徹了舊圖書室。

突然聽見有人大吼大叫，室內所有人的目光全轉向發出聲音之人。真中學姊、旭山會長、楯石副會長、高山老師，還有幾位業者大叔。在所有人的注目下，發出聲音之人——也就是我前河響平，又說了一遍：「請等一下！」

「請先不要撤除書本，等一下下就好！拜託！」

「前河同學？還有——小口也來了？你們倆今天不是請假嗎？」

「那……那是因為一些原因……」

聽到真中學姊納悶的口氣，陪我一起來的小口同學戰戰兢兢地回答，看樣子她是不知該如何解釋。這時，彷彿代表大家提出疑問，旭山會長開口了：

「兩位究竟是怎麼了？」

「我是說，我希望書本的撤除作業……應該說舊圖書室的拆除工程可以暫停一下……」

「你說要暫停……但前河同學也是知道的吧？不能進行耐震補強，這棟建築就不能留下來，而工程費——」

「學校不願意出，對吧？這我知道，高山老師！可是，如果我們有錢的話呢？如果我們付得出兩百萬圓的工程費，而且還有找的話呢？」

我上氣不接下氣，因此口氣也難免變得粗魯。工作人員或許也感覺到氣氛非比尋常，而沒有著手撤除書本，滿臉狐疑地面面相覷。我不等老師回答，從背上的背包中拿出一本舊書。書的封面完全褪色成了紅褐色，「北鎌倉文庫」書標上貼有貼紙，證明這是舊圖書室的藏書。看，怎麼樣？我高高舉起這本書，高山老師唸出了它的書名：

「富山房百科文庫的《名曲解題邦樂舞踊辭典》……？似乎是很舊的一本書呢。」

「這是昭和十三年的書，所以事實上是很舊。在這裡的所有書當中，屬於最舊的書籍之一。順便提一下，這個富山房百科文庫從海內外古典文藝到兒童讀物都有，甚至連辭典或實用書都無所不包，是範圍極廣的一套叢書。小口同學推薦過我這個文庫的《紅蠟燭與人魚》，我有看過……」

「那又怎樣啦？啊！莫非這本古書是價值驚人的珍本書，市價幾百萬……」

「並不是。」

真中學姊心頭一驚如此說道，我劈頭一句話打斷了她。一時之間幾乎要沸騰的氣氛瞬間落到谷底，大家都用「什麼跟什麼嘛」的眼神瞪我。我明白大家的心情，但總之請先聽我說完。我一面壓抑住急躁的心情，一面極力放慢語調說道：

「不管是書還是其他東西，不是只要年代久遠就有價值，能讓人花大錢買下的只有一小部分……不過，這本書當中……」

講到這裡我頓了一頓，顫抖著手翻開書的最後一頁，拿出折起來夾在裡面的東西，放在桌上。它們都是輕薄的紙張，其中兩張為十公分乘以十七公分，寫著「拾圓」；另外三張比它們小上一圈，寫著「五圓」。

「就如大家所看到的，這是以前的鈔票。十圓鈔票兩張，五圓鈔票三張，發行年份都是昭和十三年。」

「我從來沒看過這些紙幣，它們挾在這本書裡嗎？」

「是的，副會長。然後呢——就如同我剛才說過的，只有一小部分的舊東西能高價賣出……而這些舊鈔票，就是屬於那『一小部分』。」

講到這裡我短促吸一口氣，環顧眾人。我一邊感覺到背上變得汗涔涔的，一邊與小口同學互看一眼，開口道：

「我一大早就去大船的古董錢幣店請人估價，這種十圓鈔票每一張值一百萬圓，五圓鈔票一枚值五十萬圓，總金額為三百五十萬圓。」

「三——」

「三——」

「三百五十萬……？」

會長與副會長張口結舌，真中學姊的聲音破音了。「是的。」我即刻點頭。

「店裡表示願意立刻付現收購，為了以防萬一，我還要了估價單帶過來。只要有這筆錢，就能進行耐震工程，也能中止拆除工程，對吧？老師？」

「這……這個嘛……是這樣沒錯。」

高山老師一臉困惑地回答。「請各位稍候片刻。」老師先請業者暫停作業，然後雙臂抱胸，眉頭深鎖，俯視著舊紙幣。

「可以依序解釋給我聽嗎？首先，你們怎麼會有這個？」

「好的！呃呃，就如同老師所知道的，這間舊圖書室的書籍，原本是屬於『北鎌倉文庫』這個市民團體。說是文庫，但並不是指那種小本書，而是市民的公共書庫，並且接受大家捐贈書籍。據說也有的人覺得，總比讓沒人看的書永遠沉眠來得好，於是就將往生家屬的藏書全數捐贈出來……然後，書本裡面常常會藏有各種東西，對吧？例如不想讓家人知道的信件，或是偷偷存起來的零用錢。」

「就是所謂的私房錢吧。嗯？也就是說，這就是……」

「沒錯，真中學姊！這正是昭和十幾年時，某人藏起來的私房錢。」

「結果某位人士沒發現這件事，就把書捐出來了……！」

小口同學接在我後面說。「就是這麼一回事。」我一邊點頭，一邊回想起昨天下午，篠川姊打來的電話內容：

「——我在看清單時，無意間想起一件事……以前我們店裡曾為了收購生意登門拜訪某戶人家，這件事是對方告訴我的。」

電話中傳來篠川姊的聲音，我本來想是不是該切換成免持通話比較好，但小口同學將耳朵湊向手機，用視線告訴我「我聽得見」，所以就沒動了。雖然臉靠得這麼近讓我很害羞，不過現在聽篠川姊講事情比較要緊。

「那位客戶說，這些書全都是愛看書的祖母的藏書，祖母的書先前幾乎都已經捐給市民團體，這些是後來才從倉庫裡找到的……如果只講到這裡，倒還只是常有的事……」

「喔，的確好像是常有的事……但那又怎麼了呢……？」

「那時，對方好像正好想起來，告訴我一件事。說是祖母過世之前，表示自己似乎有把私房錢藏在舊書裡，那些錢到了現在應該已經增值了……但又不能確定祖母究竟是有說過，還是沒有說過……」

「把私房錢藏在書裡？也就是說書裡有錢嘍，這種事有可能發生嗎？」

「我認為有可能……像是在書裡挾東西挾到忘了，或是不小心寫了些不想被人看到的文字，書本裡可以隱藏各種東西，從中會發展出什麼，更是一言難盡。例如我經手過的書裡，曾經有人將自己的名字寫在贈與他人的書裡……這件事——又……又帶來了相遇的緣分……」

不知為何，篠川姊突然開始害羞。呃，現在這個話題有哪裡讓人害羞了？我問她怎麼了，美女二手書店店長焦急起來，繼續往下說：

「沒……沒什麼……！換……換句話說，呃呃……從那位客戶說過的話來想，那位祖母的書，很可能是捐給了『北鎌倉文庫』。因為那個時期在鎌倉活動的讀書團體，就只有這一個……然後，記得『北鎌倉文庫』的藏書應該是移交給貴校的圖書室管理了，對吧……？所以──」

「啊！妳是說搞不好那些老舊的私房錢，就挾在這裡的某本書當中，而這些錢現在說不定已經增值了──是這個意思嗎？」

「是的，當然，那本書究竟有沒有捐出來是個未知數。而實際上究竟有沒有那筆私房錢；就算有，現在是否還留在書裡；這些紙鈔有沒有價值；然後說到底，究竟有沒有可能找到……這些問題都沒有確切的答案，告訴兩位希望如此渺茫的一件事，實在令我惶恐，可是……」

篠川姊話越講越小聲，大概是覺得告訴我們成功機率這麼低的一件事，讓她感到很歉疚吧。然而我們聽到這件事，不禁看著對方，同時互相點個頭。

反正明天下午這裡的書就要遭到廢棄，並開始進行拆除工程了。既然如此，我認為很有找找看的價值。

「——結果後來，我與小口同學死馬當活馬醫，就把所有舊書都找了一遍。」

「就……就是這樣……可是，找到天都黑了，舊圖書室的書卻連一半都還沒找過……而且什麼都沒找到……所以，我就告訴他可以放棄了。」

「於是，我將小口同學送回家裡，不過……後來這件事還是卡在我心裡，所以我就一個人回到舊圖書室，找到今天早上七點，終於被我發現了這個！」

「也就是說，你找了整晚……？」

「是的，會長！我整晚沒闔眼！順帶一提，我一大清早就跑去洽詢鈔票的收購價格，所以也沒吃飯！」

面對會長不安的眼神，我斬釘截鐵、毫不猶豫地回話。「我就在想你怎麼莫名亢奮，原來……」真中學姊低喃道。

「所以說現在的你，是處於自嗨狀態嘍？你又不是多有體力，不要緊嗎？」

「總之目前還好！這不重要，讓我繼續說下去！這本《名曲解題邦樂舞踊辭典》在捐贈給『北鎌倉文庫』時就已經是相當老舊的書了，所以好像從來沒人借閱過。對吧，小口同學？」

「是……是的……！我確認過留下的資料，就我看來，並沒有借閱過的紀錄。」

「就是這樣！結果應該沒有任何人發現這筆私房錢，這本書就這樣移交到舊圖書室，一直到現在才重見天日！報告完畢！」

「哦哦……原來如此，事情我懂了，不過……」

真中學姊雙臂抱胸沉吟著，與會長、副會長還有老師互看一眼。經過一段帶有懷疑的短暫沉默後，會長代表各位聽眾舉手說：

「有幾個問題我想確認一下……真要說起來，將這筆錢用來整修學校設施，不會有問題嗎？是不是應該物歸原主？」

「『北鎌倉文庫』在接受捐書時立的切結書還在。這事我有告訴過真中學姊，對吧？」

「咦……噢，就是你說捐贈人不能事後再來要書？」

「沒錯！切結書內容聲明轉交的一切物品全數屬於文庫，因此就跟書籍附有的物品——書盒、書籤、書腰或書衣一樣，挾在書裡的錢也屬於舊圖書室所有。」

「原來如此，的確說得通……可是，捐書人並不知道有這些舊鈔吧？總覺得還是會有問題……」

「我明白副會長的意思，小口同學對這點也耿耿於懷——所以，趁我去古錢舖時，她去找文現里亞古書堂的篠川姊問出捐書人是誰，然後去人家家裡解釋，獲得了人家的許可。其實這樣做侵犯到隱私權了，不過她跟人家說是我們擅自查出來的……」

「哦～原來如此。小口請假原來是為了這個理由——嗯？咦，咦咦？」

真中學姊先是佩服，然後霍然變得張口結舌，大吃一驚。真想不到這個總是從容不迫的女生會有這種表情。在場所有人當中，就屬這位學姊跟小口同學認識最久，她反覆看看我又看看小口同學後，過了一會兒才開口：

「小口竟然……那個怕生、消極又悲觀的妳，居然會……？就妳一個人？跑去陌生人的家裡？解釋整件事情？獲得人家的許可……沒蓋我？」

「是……是的……沒……沒……蓋妳……」

被真中學姊盯著瞧，小口同學害羞地別開目光。圖書社的少女代表再度點頭表示確定後，怯怯地說：

「書籍原本的主人是住在深澤一間大房子裡的一對老夫妻……雖然突然跑來一個奇怪的高中生，好像讓他們嚇了一跳，但我努力解釋整件事情後，他們笑了……說那已經是幾十年前的事了，況且那筆錢是屬於過世的祖母，不屬於他們……所……所以答應讓我們自由運用……他們說祖母在世時很喜歡看書，這筆錢如果能用在書本方面，他們會很高興，又說如果我實在很在意，那就只付那些錢的金額——三十五圓就可以了……」

「哇～真是善心人士耶。是說真虧妳能這麼努力，我想妳一定是拿出了一輩子僅有的勇氣了吧？」

「因……因為，響平同學可是花了一整晚找那筆錢……今天早上他打電話給我，說找到錢了，一查之下好像很有價值時，我就覺得我也必須盡點心力……所……所以……」

「原來如此……但就算是這樣……真想不到那個小口竟然會……」

「妳長大了呢……！」

真中學姊佩服萬分，身旁的會長好像打從心底大受感動。呃不，什麼成不成長的，妳跟小口又沒認識那麼久。我不禁大為傻眼，副會長也向我點頭，就像在說「我也有同感」，就是說嘛。我們正心有戚戚焉時，小口同學在一旁又接著說：

「我實在很想留下舊圖書室……因為我也喜歡這個空間。」

「『也』？也就是說妳還有其他更珍惜的事物嘍？」

「沒……沒有啦！」

被真中學姊一問，小口同學倏然羞紅了臉。咦，幹麼突然臉紅？我想湊過去看她的臉，卻不知怎地被推到大家前面。雖然搞不太懂，總之大概是要我說明剩下的部分吧，可是該講的都講完了耶。

「呃～……有什麼其他問題嗎？高山老師，您一直沒說話，不知道您覺得怎麼樣？」

「咦？呃不，我沒什麼意見，只是嚇了一跳……沒想到一直塞在書櫃上的書，裡面會挾著這麼珍貴的紙鈔。找到時，你一定很吃驚吧？」

「那當然了！還有，我覺得果然跟小口同學以前說的一樣。」

「卯城野同學？怎麼回事？」

「是這樣的，我一開始在這裡遇見小口同學時，她跟我說過。她說舊書裡會藏著各種東西，只是看著還沒讀過的書，想像力就會無限擴展——像是有什麼樣的人接觸過這本書，或是這本書裡有什麼樣的內容。她說得一點也沒錯，因為事實上書裡真的藏了某種東西！」

「她那句話應該不是這個意思吧？小口，妳說呢？」

「是……是的……我那時並不是在具體地說，書裡面會挾著錢之類……」

「咦？沒……沒關係啦，小細節不用在意！」

我這樣說著打馬虎眼時，忽然間肚子叫了起來，連帶著視野產生一陣輕微搖晃。

我一直以自嗨的狀態掩飾過去，但體力似乎終於到極限了。仔細想想，在過了半夜十二點時、天色變得矇矇亮時，還有等鈔票估價時，我有幾次差點昏過去，看來再不休息真的很不妙。事實上，我感覺得出來自己很累。是感覺得出來沒錯，但是……我心想。

不可思議的是，我一點都不覺得辛苦。

從昨晚到現在，我從來沒想過「我幹麼這麼辛苦」，幹勁也從未下降。老實說，連我自己都很驚訝。我從昨晚到今天早上親身體會到，為了某個人或是某件事——為了珍愛的人或珍愛的安身之處——努力行動，完全不是一件苦差事。雖然拿來比較都嫌自不量力，但如今我好像稍微了解到，昨天我向小口同學做簡報介紹的那部作品的主角，那個總是為了某人而戰的幻想殺手少年的原動力來自何處。

「簡單一句話，就是這麼回事。剛才我也說過，我已經跟店老闆談好，可以立刻以現金收購。這樣不但完全足以支付舊圖書室耐震補強工程的費用，應該也夠負擔中止拆除工程的違約金。剩下的錢可以請學校自由運用。」

我越說越亢奮，來自疲勞與興奮的自嗨狀態似乎到達了頂點。想到這點的同時，我猛然理解到一件事。

我為什麼會上網分享自創中二小說的朗讀，為什麼講了半天，還是持續參與文現對戰？到頭來，我想做的事情究竟是什麼？此時，我似乎明白到答案了。

一想通之後，就覺得再單純不過。只要是喜歡看書或是聽故事的人，誰都有過這個念頭。

我喜歡故事中的世界，喜歡充滿魅力的角色，喜歡能漂亮講出帥氣臺詞的英雄人物。所以我才會想用出聲朗誦的方式，靠近那個世界。我想做的就是這種事，我想成為的就是這樣的人。

當然我很清楚，我絕不可能成為書中人物。然而明白自己辦不到，跟嚮往而試著靠近那個世界是不同的兩回事。就像小口同學明知不可能發生，仍然沒捨棄對幻想國的嚮往一樣。

原來是這麼回事啊，我徹底理解了。既然如此……我心中傳來聲音，告訴我──那就現在說出來吧。

「我想說的話都說完了，假如有人告訴我沒有錢所以不能進行工程，不能進行工程所以舊圖書室的館藏必須廢棄，設施必須拆毀的話──」

我在一股衝動的驅使下，高聲說道：

「──**那我就先殺了這個幻想！**」

我放縱亢奮到頂點的自嗨狀態，握緊右手卯足全力吶喊。

「噗嗤！」

霎時間，小口同學忍俊不住笑了出來，真中學姊忍不住「嗚哇～」了一聲，以手掩面。學生會二人組還有高山老師似乎都沒聽懂，三人面面相覷。至於我嘛──好吧，是有那麼點難為情，但是──真是打從心底爽快無比，這才叫過癮！

後來，舊圖書室的拆除與館藏的廢棄都喊停了，可喜可賀。

就我所聽說，好像有教職員提出意見，認為應該將這筆錢運用在其他用途上。然而，據說高山老師堅持反對，甚至不知怎地連旭山會長都擅闖會議，提出強烈主張：「明明沒有任何人發現到舊圖書室的價值而打算廢棄處理，現在卻又要主張所有權，難道不覺得可恥

嗎？」結果，賣舊鈔賺的錢平安無事，就決定用在舊圖書室上了，感激不盡。

「話說回來，響平同學。」

後來過了不久，在舊圖書室裡。小口同學一如往常地待在這個沉靜空間的櫃檯裡，忽然呼喚了我的名字。她手上拿著剛看完的《魔法禁書目錄》第十八集。雖然我早就知道了，不過這個女生看書速度真的超快，我都快被她趕上了。

附帶一提，我正在閱讀的，是小口同學推薦給我的一本書，就是麥克．安迪的《默默》。由於小口同學最推薦的《說不完的故事》非常好看——我覺得幻想國的設定棒到不行——所以我請她再推薦我同一個作者的其他作品。我把黃色封面的精裝書放在櫃檯上，抬起頭來看著小口同學。

「什麼事？」

「我現在忽然想起來……上次的文現對戰，你如果贏了，本來打算要求我做什麼呢？」

「咦？那當然是跟我交——呃，不是，怎麼突然問這個？」

「我突然想起來了嘛，你本來想要求什麼？」

「呃，就是……沒……沒必要現在說吧？」

「我怕我又會忘記呀，你就現在告訴我嘛。」

「好咧好咧，雖然我不太清楚是怎樣，總之你就告訴她唄。」

一個人霸占整張閱覽桌，正在製作ＴＲＰＧ劇本的真中學姊插嘴說道，好像覺得很好玩。請妳少說兩句好嗎？我瞪了學姊一眼。

「是說真中學姊又不是不知道！我後來不是有跟妳報告嗎！」

「有嗎？」

「有啦！」

「咦？你讓雙葉學姊知道，卻偏偏不肯告訴我？這樣太詐了啦。」

小口同學瞪著我探身過來，我上半身忍不住往後退。就跟妳說靠太近了啦！

——總之呢，就這樣，舊圖書室安然無恙地保存下來了。

我們的安身之處得以保留，我與小口同學的關係也好端端地沒中斷。

我們之間，後來也……應該說就在這件事結束後不久，又發生了許多事情。

但是借用小口同學最喜愛的那本書中，一再出現的一句話來說，就是：

『不過，這又是另一個故事了，下次再說吧。』

以上。

第五話 麥克·安迪《說不完的故事》（岩波書店）／
鎌池和馬《魔法禁書目錄》（電擊文庫）

後記

本作純屬虛構，雖然參考了真實地點等等，並提到真實存在的圖書資料，但作品中登場的團體或設施等等皆為作者（峰守）的創作，此外，關於作品中各個登場人物談論的見解等等，也都只是作者配合故事需要設計的內容。作者無意主張這些見解或閱讀方式的正確性，還請讀者理解。

各位新朋友大家好，也感謝各位舊朋友一直以來的關照，我是峰守ひろかず。很久沒在電擊文庫出書了，使我有點緊張。

話說，誠如大家所知，這部作品是台灣角川《古書堂事件手帖》系列的外傳。電擊文庫MAGAZINE舉辦了一項稱為「電擊文庫RESURRECTION系列」的企畫，由原作者以外的作家創作人氣系列的外傳，而本作就是其中一部作品。順帶一提，雜誌上刊載的是第一話、第二話與第四話這三篇，第三話與第五話則是配合文庫版所寫的全新創作。

我原本就有在閱讀《古書堂事件手帖》系列，也不例外地是它的書迷，當出版社確定由我來寫外傳時，我一方面十分高興，同時卻也很緊張。其實我在不久之前曾從事過書籍方面的工作，我想這份經歷可能也成了出版社抬愛的原因之一。

應該說，我其實是第一次寫外傳作品，更別說其實這還是我第一次寫只有人類登場的故事，這點反而最令我感到新鮮。在「文現里亞」的世界觀，也就是真實世界的鎌倉當中，可沒有妖怪、古代生物的倖存者、機器人或是異世界人喔。

然後大家也知道，《古書堂事件手帖》系列是以鎌倉一家古書店為舞臺的推理小說。我如果寫同樣的類別就成了班門弄斧，所以這本外傳一面借用了「一個有許多舊書的場所」、「以這個場所為契機相遇的一對男女」、「每個章節介紹特定書籍」等要素，一面卻不以古書（個人藏書或是私人收藏）為主，而是以圖書館館藏（不知道有誰讀過的市民公共財產）為主題，並且不採用推理文類，而是改成了做簡報的故事。內容是前河嚮平與卯城野小口這對少年少女二人組，藉由「文現對戰」這種虛構的書評競賽推薦古典名著，講得明白點就是「古典名著可是很好看的喔！」的故事……呃，這樣寫起來，大家可能會覺得「想也知道啊～」畢竟就是因為好看，才能成為古典名著嘛。感覺就像「《福爾摩斯》很好看喔。」、「我早就知道了。」、「不過我是查雅腐才知道的就是了。」、「是雅虎啦。」當然本書並不是這樣的故事，所以先從後記看起的讀者請不用擔心。

另外提一下，前河響平這個名字，取自文現對戰的前衛，也就是在「前面」響亮出聲的角色。卯城野小口則是取自後衛的軍師角色，也就是待在「後面的」人（註：「卯城野」與「後面的」日文發音相近）。「小口」這個名字是效仿本傳女主角篠川栞子，取自書本相關用語。「小口」指的是與書背相反的位置，就是從書背與書衣看不到的部分。如果都沒人注意到我會很落寞，所以乾脆告訴大家一聲。

附帶一提，《古書堂事件手帖》系列有明確指出作品中的年代或時期，因此這本外傳也比照本傳設定，本作的故事發生在西元二〇一〇年到二〇一一年。內文提到《魔法禁書目錄》系列為全二十二集＋《新約魔法禁書目錄》第一集就是基於這點。現在已經出了更多集數了。

執筆創作本作時，我受到了各方人士的照顧。首先是給了我這次寶貴機會的原作、監修的三上 延老師，以及原作插畫的越島はぐ老師，由衷感謝兩位。再來是以篠川栞子小姐為首的《古書堂事件手帖》系列的各位登場人物，感謝大家客串演出。感覺就像請其他劇團的演員友情演出一樣，使我緊張萬分，希望我們這邊的工作人員沒有冒犯到各位。

還有鎌池和馬老師等作品中介紹或引用作品的各位相關人士，我也要致上極大的感謝之意。感謝責任編輯荒木及小野寺一再陪我進行細微檢驗或修正，真是不好意思。插畫家おかだアンミツ老師，感謝您繪製了表情豐富又充滿魅力的角色。能夠邊看插畫邊撰寫後半的原稿，真是一次令人高興的經驗（雜誌連載作品就有這種好處）。然後最後，也要向閱讀這篇後記的您致上最大級的感謝，謝謝您賞光買下本書。

就這樣，這本外傳讓作者接觸了許多新體驗，樂趣無窮，希望各位讀者也喜歡。當您有機會想起《古書堂事件手帖》系列時，如果同時也能稍稍想起響平與小口這兩個人（可以的話，甚至是他們的夥伴），那就太令我高興了。

還有，我想應該沒有太多這樣的讀者，不過如果有讀者沒看過原作就看了本作，我要強烈地、大力地推薦您本傳《古書堂事件手帖》系列。

那麼那麼，有緣我們再見。我是峰守ひろかず，願各位有個美麗的藍天！

【參考文獻】

柯南・道爾《名偵探福爾摩斯（１）血字的研究》（阿部知二譯）POPLAR社（1982）

※正文第一話P70、71的粗體字部分引用自右列作品。

中島敦《李陵・弟子・高人傳》角川文庫／KADOKAWA（1968／初版）

※正文第二話P120的粗體字部分引用自右列作品。

路易莎・梅・艾考特《小婦人》（矢川澄子譯）福音館書店（1985）

※正文第三話P174、175的粗體字部分引用自右列作品。

娥蘇拉・勒瑰恩《地海巫師 地海傳說Ⅰ》（清水真砂子譯）岩波書店（1976）
※正文第四話P189、228、229的粗體字部分引用自右列作品。

麥克・安迪《說不完的故事》（上田真而子、佐藤真理子譯）岩波書店（1982）
※正文第五話P272、273、275、300的粗體字部分引用自右列作品。

鎌池和馬《魔法禁書目錄1〜22》台灣角川（2007〜2011）
※正文第五話P265、268、297的粗體字部分引用自右列作品。

Kadokawa Light Novels

迷幻魔域Ecstas Online 1 待續

作者：久慈政宗　插畫：平つくね

君臨一切的邪惡魔王，
將用（嗶——）的力量拯救心上人!?

堂巡驅流轉生為君臨VR遊戲「EXODIA　EXODUS」的最強魔王赫爾夏夫特！然而他所傾心的女孩朝霧凜凜子以及同學們相信，只要打倒魔王，就能回到原本的世界。但其實魔王一死，所有人便會有生命危險——！堂巡將以最強的力量迎戰同班同學！

NT$220/HK$68

台灣角川

Kadokawa Light Novels

機甲狩龍幻想戰記 1 待續

作者：内田弘樹　插畫：比村奇石

駕駛豹式戰車與龍相抗！
由「戰車」與「龍」交織而成的異色對決！

為了成為以「戰車」討伐「龍」的「機甲狩龍師」，澄也進入亞涅爾貝狩龍師培訓學校就讀。被編入最末段班的他在尋找夥伴時與前菁英女騎士舒茨起了爭執，展開了一場戰車與人的另類對決!?憑藉隊友們的羈絆與戰術討伐敵人——機甲幻想戰記，正式揭幕！

台灣角川

NT$220/HK$68

國家圖書館出版品預行編目資料

古書堂事件手帖外傳 ：小口同學與我的文現對戰社活動日誌 / 三上延原作.監修 ；峰守ひろかず作 ；可倫譯. -- 初版. -- 臺北市 ：臺灣角川, 2018.05

面； 公分

譯自：こぐちさんと僕のビブリアファイト部活動日誌：ビブリア古書堂の事件手帖スピンオフ

ISBN 978-957-564-182-5(平裝)

861.57　　107003772

Kadokawa
Fantastic
Novels

古書堂事件手帖外傳

小口同學與我的文現對戰社活動日誌

（原著名：ビブリア古書堂の事件手帖スピンオフ こぐちさんと僕のビブリアファイト部活動日誌）

2018年5月24日　初版第1刷發行

作者：峰守ひろかず
原作・監修：三上 延
插畫：おかだアンミツ
日版設計：荻窪裕司
譯者：可倫
發行人：成田聖
總監：黃珮君
總編輯：蔡佩芬
編輯：陳書萍
美術設計：宋芳茹
印務：李明修（主任）、黎宇凡、潘尚琪
發行所：台灣角川股份有限公司
地址：105台北市光復北路11巷44號5樓
電話：（02）2747-2433
傳真：（02）2747-2558
網址：http://www.kadokawa.com.tw
劃撥帳戶：台灣角川股份有限公司
劃撥帳號：19487412
法律顧問：寰瀛法律事務所
製版：尚騰製版印刷有限公司
ISBN：978-957-564-182-5
香港代理：香港角川有限公司
地址：香港新界葵涌興芳路223號
新都會廣場第2座17樓 1701-02A室
電話：（852）3653-2888